ΘΆΝΑΤΟΣ ΑΠΌ ΈΝΑ ΝΤΙΤΖΕΡΙΝΤΟΎ

ΤΖΈΙΜΙ ΚΟΥΊΝ ΕΥΧΆΡΙΣΤΑ ΒΙΒΛΊΑ ΜΥΣΤΗΡΊΟΥ 1

BARBARA VENKATARAMAN

Μετάφραση
NIKOLETTA SAMOILI

ΕΥΧΑΡΙΣΤΊΕΣ

Για την υποστήριξή τους, τις συμβουλές τους και τον ενθουσιασμό τους, θέλω να ευχαριστήσω όλα τα "κορίτσια αναγνώστες" μου:" Janet, Jodi, Joette, Kahlia, Linda, Mai, Michele, Myra και Nanette.

ΚΕΦΑΛΑΙΟ 1

Δεν ξέρω γιατί αισθάνομαι ένοχη, δεν είναι ότι σκότωσα τον τύπο. Δεν τον ήξερα καν, αλλά άκουσα ότι ήταν πραγματικό κάθαρμα. Ας το θέσω αλλιώς, όταν μαθεύτηκε ότι ο Σπάικ ήταν νεκρός, ότι δολοφονήθηκε με ένα από τα δικά του μουσικά όργανα, ξέσπασαν πανηγυρισμοί σε όλη την πόλη. Κάποιοι άνθρωποι έκαναν πρόποση για το θάνατό του με ακριβή σαμπάνια, ενώ άλλοι τσούγκρισαν μπουκάλια κρύας μπύρας- εξαρτιόταν από τη γειτονιά. Και ενώ πολλές ιστορίες ειπώθηκαν εκείνο το βράδυ -καμία από αυτές δεν ήταν κολακευτική, σας διαβεβαιώνω- υπήρχε ένα κοινό θέμα: Ο Σπάικ ήταν ψεύτης και απατεώνας, μια φτωχή δικαιολογία για έναν άντρα που θα έκλεβε την ίδια του τη μητέρα, αν ήξερε πού βρισκόταν, ή θα κοιμόταν με τη γυναίκα ενός φίλου του, αν είχε φίλο -που δεν είχε. Η μόνη συντροφιά του Σπάικ ήταν ο σκύλος του, το Κτήνος, ένας γερμανικός ποιμενικός που πήγαινε όπου πήγαινε και δεν ήταν και πολύ φιλικός.

Πιθανώς να αναρωτιέστε πώς ο Σπάικ είχε ένα τόσο επιτυχημένο μουσικό κατάστημα, ενώ ήταν ένας μεγάλος κόπανος. Η απάντηση είναι απλή - ήταν ροκ σταρ. Κυριολεκτικά. Τα σόλο του στα ντραμς ήταν θρυλικά. Αφού το πρώτο άλμπουμ *των The Screaming Zombies*, **Deathlock,** έγινε πλατινένιο το 1999 και ο Σπάικ κέρδισε το βραβείο του ντράμερ της χρονιάς, φαινόταν ότι δεν υπήρχε κανένας λόγος να σταματήσει αυτό το γκαράζ συγκρότημα από μαθητές που εγκατέλειψαν το λύκειο. Αλλά ο Σπάικ βρήκε τον τρόπο. Με τον τεράστιο εγωισμό του και το ταλέντο του στην παράνοια, κατάφερε να εκνευρίσει τους πάντες σε χρόνο μηδέν, συμπεριλαμβανομένου του μάνατζερ, του ατζέντη, του δημοσιογράφου, του παραγωγού του συγκροτήματος, μέχρι και τον επικεφαλής της δισκογραφικής εταιρείας. Ειδικά οι τεχνικοί τον απεχθάνονταν. Έβαζαν τα ντραμς του σε λάθος θέση ή έκλειναν τα ηχεία του όποτε μπορούσαν να το κάνουν. Και ας μην ξεχνάμε τους υπόλοιπους *The Screaming Zombies*, τον Snake, τον Slasher και τον Slime, γνωστούς και ως Ντάριλ, Marcus και Ricardo- είχαν ένα εκατομμύριο λόγους να μισούν τον Σπάικ - οι περισσότεροι από αυτούς ήταν τραγανοί και πράσινοι, με φωτογραφίες νεκρών προέδρων πάνω τους. Τον κατηγορούσαν για την κατάρρευση της μπάντας και τη θεαματική πτώση στον πάτο που τους άφησε τόσο άφραγκους όσο και όταν ξεκίνησαν. Οι άνθρωποι λένε ότι χρειάζονται μόνο δέκα λεπτά για να συνηθίσεις μια πολυτέλεια, αλλά μια ζωή για να ξεπεράσεις την απώλειά της. Ευτυχώς για τους Zombies ήταν πάντα μαστουρωμένοι, οπότε οι αναμνήσεις τους από την καλή ζωή ήταν πολύ θολές για να είναι οδυνηρές.

Προχωρήστε τρεις εβδομάδες στο παρόν, όπου ο Σπάικ, ακόμα νεκρός φυσικά, έχει καταλάβει με κάποιο τρόπο τη ζωή μου, κάνοντάς με να βάλω το σπίτι μου σε κίνδυνο, τη φήμη μου σε κίνδυνο και τη λογική μου στα όριά της. Λοιπόν, ας το παραδεχτούμε, δεν ήμουν και τόσο σταθερή εξ αρχής, αλλά και πάλι...

Είναι δύσκολο να ξέρω από πού να ξεκινήσω, αλλά ξεκινάω. Το όνομά μου είναι Τζέιμι Κουίν. Το Τζέιμι δεν είναι η συντομογραφία κάποιου ονόματος- η μητέρα μου απλά πίστευε ότι ήταν ένα καλό όνομα, ένα όνομα που προσέφερε περισσότερες ευκαιρίες από ό,τι ας πούμε το Κόρντι ή το Μπρίτανι. Δεν ήθελε να με επιβαρύνει με τα στερεότυπα της κοινωνίας επιλέγοντας ένα όνομα που ήταν πολύ κοριτσίστικο ή ακουγόταν σαν λαγουδάκι του πλέιμποϊ. Πάντα σκεφτόταν έτσι μπροστά, πράγμα που την έκανε και σπουδαία νοσοκόμα. Επειδή μπορούσε να συνδέσει τις τελείες γρηγορότερα από τον καθένα, ήξερε πάντα πότε ένας ασθενής ήταν έτοιμος να αλλάξει προς το χειρότερο. Οι συνάδελφοί της στο Hollywood Memorial Hospital (ένα από τα κορυφαία νοσοκομεία της Φλόριντα) εντυπωσιάστηκαν τόσο πολύ που άρχισαν να την αποκαλούν "Psychic Sue". Παρόλο που το απέκρουε κάθε φορά που το έκαναν αυτό, νομίζω ότι ήταν περήφανη για το παρατσούκλι της. Ήταν η υπερδύναμη της, έλεγε. Ο Σούπερμαν μπορεί να είχε όραση με ακτίνες Χ, αλλά δεν μπορούσε ποτέ να φτάσει τις διαγνωστικές της ικανότητες.

Δυστυχώς, όπως κάθε υπερδύναμη, έτσι και αυτή της μαμάς μου θα μπορούσε να χρησιμοποιηθεί για καλό ή για κακό. Και υπήρχαν μυστικά πίσω από αυτά τα πράσινα μάτια. Όταν επέστρεψε ο καρκίνος της, ήταν η πρώτη που το έμαθε, αλλά το κράτησε για τον εαυτό της μέχρι που ήταν πολύ αργά για θεραπεία. Είμαι σίγουρη ότι είχε τους λόγους της, αλλά δεν μπορώ να σκεφτώ ούτε έναν που να βγάζει νόημα. Ως συνήθως, είχε προγραμματίσει εκ των προτέρων. Η ασφάλεια ζωής της ξεπλήρωσε το μικρό σπίτι στο οποίο μεγάλωσα στην οδό Πολκ και μου άφησε αρκετά μετρητά για να πάρω κάποια άδεια και να συγκεντρώσω τις σκέψεις μου. Η συγκέντρωση σκέψεων ήταν δική της ιδέα. Τώρα, έξι μήνες αργότερα, προσπαθώ ακόμα να τις συγκεντρώσω, αλλά δεν έχει νόημα. Είναι μαριονέτες σκιών, γκρίζες τούφες που πετούν μέσα στον εγκέφαλό μου και αρνούνται να πιαστούν. Με κάποιο τρόπο η μητέρα μου ήξερε ότι μετά το θάνατό της θα έπαιρνα κι εγώ μια στροφή προς το χειρότερο. Το μέντιουμ Σου ξαναχτυπά.

Υπάρχει και κάτι άλλο που πρέπει να ξέρετε για μένα – κάνω απαίσιο ύπνο. Ας το θέσω αλλιώς, αν έκανα μάθημα ύπνου, θα έπαιρνα "ο" (με "Α" για την προσπάθεια, που δεν μετράει). Αλλά μη νομίζετε ότι κάνω πάρτι αυτολύπησης για τον εαυτό μου - δεν κάνω. Όλα αυτά έχουν σχέση με την ιστορία. Επειδή δεν κοιμάμαι πολύ, περιπλανιέμαι στο σπίτι τη νύχτα σαν το φάντασμα του πατέρα του Άμλετ (τον λένε επίσης Άμλετ, φυσικά), αλλά είμαι πολύ πιο ήσυχη γι' αυτό. Δεν κροταλίζω αλυσίδες και δεν έχω απαιτήσεις από κανέναν. Χρειάζομαι, ωστόσο, να κοιμάμαι αργότερα μέσα στην ημέρα από τους περισσότερους ανθρώπους, για να προλάβω, πράγμα που μπορώ να κάνω τώρα που δεν εργάζομαι. Σας το λέω αυτό μόνο και μόνο για να καταλάβετε πώς έχασα το τηλεφώνημα της θείας Πεγκ και το υστερικό της μήνυμα στον τηλεφωνητή μου.

Ήταν Δευτέρα, ι Ιουλίου , η ημέρα που ο Σπάικ (πρόσφατα νεκρός) κατέλαβε τη ζωή μου. Είχα σηκωθεί από το κρεβάτι γύρω στις έντεκα (π.μ.) μετά από μια ιδιαίτερα δύσκολη νύχτα (αν και γίνεται όλο και πιο δύσκολο να τις κατατάξω σε αυτό το σημείο), έτσι δεν ήταν μέχρι το δεύτερο φλιτζάνι καφέ μου που παρατήρησα το φως που αναβόσβηνε στο τηλέφωνο. Σχεδόν κανείς δεν με καλεί πια στο σταθερό μου τηλέφωνο, οπότε σκέφτηκα ότι επρόκειτο απλώς για κάποιον τηλεπωλητή ή για κάποιον που διεξάγει μια έρευνα. Όταν τελικά ενέδωσα και πάτησα το κουμπί, ο τραγικός ήχος του κλάματος της θείας μου Πεγκ με έκανε να χύσω τον καφέ πάνω μου. Αυτό που είπε, έστειλε την αδρεναλίνη μου στα ύψη.

"Θεέ μου, Τζέιμι, πού είσαι; Δεν μπορώ να βρω τον αριθμό του κινητού σου... δεν ξέρω τι να κάνω. Χρειάζομαι τη βοήθειά σου... Ο Άνταμ έχει μπλέξει (κλαίει με λυγμούς σε αυτό το σημείο και δεν μπορώ να καταλάβω τι λέει) είναι....έχει... συλληφθεί! Είμαι τόσο φοβισμένη. Σε παρακαλώ πάρε με τηλέφωνο μόλις το ακούσεις αυτό...".

Τώρα είχα φρικάρει επίσημα. Πρώτον, επειδή η θεία μου ακούγεται τόσο πολύ σαν τη μητέρα μου στο τηλέφωνο. Δεύτερον, επειδή ο ξάδερφός μου ο Άνταμ δεν είναι κάποιος που θα έπρεπε να είναι στη φυλακή, *ποτέ*. Και τρίτον, γιατί *πώς* θα μπορούσε κάποιος να περιμένει από *μένα* να βοηθήσω σε μια κρίση τέτοιου μεγέθους; Με το ζόρι μπορούσα να φροντίσω τον εαυτό μου!

Υπάρχει κάτι ακόμα που πρέπει να σας πω για τον εαυτό μου, αλλά δεν μου αρέσει να το αναφέρω. Αφού δεν έχω άλλη επιλογή, θα το πετάξω εκεί έξω και ελπίζω να μη με υποτιμήσετε ή να μην κάνετε υποθέσεις για την ειλικρίνεια ή την ακεραιότητά μου. Η αλήθεια είναι... ότι είμαι δικηγόρος. Ορίστε, το είπα. Ελπίζω αυτό να μην άλλαξε τη γνώμη σας για μένα. Ασχολούμαι αποκλειστικά με το οικογενειακό δίκαιο, πράγμα που σημαίνει ότι ο περιορισμένος τομέας της εξειδίκευσής μου περιλαμβάνει διαζύγιο, υιοθεσία, πατρότητα, επιμέλεια και διατροφή παιδιών. Χρησιμοποιώ τη λέξη "περιορισμένη" επειδή είναι ο μόνος τομέας που γνωρίζω, και είναι αρκετά δύσκολο να συμβαδίζεις με αυτό. Το πρόβλημα είναι ότι φίλοι, συγγενείς, γνωστοί, ακόμη και άγνωστοι τείνουν να ζητούν τη συμβουλή μου σε τομείς για τους οποίους δεν γνωρίζω τίποτα. Λυπάμαι ειλικρινά, αλλά δεν μπορώ να σας βοηθήσω με το κλείσιμο ενός ακινήτου ή να σας πω πόσο αξίζει ο τραυματισμός σας στην πλάτη- δεν μπορώ να σας βοηθήσω να υποβάλετε την αίτηση κοινωνικής ασφάλισης ή να σας συμβουλέψω αν πρέπει να κάνετε αίτηση πτώχευσης. Και σίγουρα δεν μπορώ να σας εκπροσωπήσω σε ποινική υπόθεση.

Για το καλό του Άνταμ, ήλπιζα ότι η θεία μου δεν είχε αυτό στο μυαλό της.

Μέχρι να της τηλεφωνήσω, η θεία Πεγκ είχε γίνει από υστερική σε τρομακτικά ήρεμη και δεν ξέρω τι με ανησύχησε περισσότερο. Είπε ότι βρίσκονταν στο αστυνομικό τμήμα του Χόλιγουντ όπου κρατούνταν ο Άνταμ. Έπρεπε να μείνει μαζί του, οπότε δεν μπορούσε να μιλήσει, αλλά θα με ενημέρωνε όταν κατέβαινα.

"Θα πάω εκεί όσο πιο γρήγορα μπορώ", είπα. "Κάνε υπομονή, εντάξει;" Ήθελα να ακουστώ καθησυχαστικός, αλλά δεν είμαι ακριβώς το ιππικό που θα σώσει την κατάσταση.

"Θα προσπαθήσω, Τζέιμι", είπε, με τη φωνή της να σπάει. "Αλλά υπάρχει και κάτι άλλο που θέλω να κάνεις..."

"Φυσικά, θεία Πεγκ, τι είναι;"

"Μπορείς να έρθεις ντυμένη σαν δικηγόρος;"

~

Αυτό που με τρόμαξε περισσότερο, ξεκινώντας ως νέα δικηγόρος, ήταν ότι δεν μπορούσα να καταλάβω το βάθος της άγνοιάς μου. Όσο περισσότερα μάθαινα, τόσο περισσότερο συνειδητοποιούσα πόσα πολλά δεν ήξερα. Έχω ακούσει ότι οι νομικές σχολές διδάσκουν πραγματικά στους φοιτητές πώς να ασκούν τη δικηγορία στις μέρες μας, και όχι μόνο για την έρευνα και τη συγγραφή. Λοιπόν, καιρός ήταν, λέω εγώ. Τώρα που ασκώ το επάγγελμα της δικηγόρου εδώ και δέκα χρόνια, ξέρω τι πρέπει να κάνω και πού να σταθώ, πώς να ντύνομαι και πώς να διαπραγματεύομαι και, αν δεν είμαι σίγουρος για κάτι, συνήθως μπορώ να μπλοφάρω. Έχω επίσης μάθει πώς να υπολογίζω τους αντιπάλους μου: τους νευρικούς με τα τρεμάμενα χέρια, τους αθυρόστομους που έχουν κάτι να αποδείξουν και τους ψύχραιμους, με αυτοπεποίθηση που λαχταρούσα να μιμηθώ. Αλλά, όπως έλεγε και το πρώτο μου αφεντικό, η μισή μάχη είναι να εμφανιστείς. Το άλλο μισό είναι να προετοιμαστείς όσο καλύτερα μπορείς με τις πληροφορίες που έχεις.

Σε αυτή την περίπτωση, δεν είχα άλλες πληροφορίες για να συνεχίσω, εκτός από αυτές που ήδη γνώριζα για την κατάσταση του Άνταμ. Κάθισα στον υπολογιστή μου για να βρω το καταστατικό που χρειαζόμουν και εκτύπωσα γρήγορα ένα αντίγραφό του, μαζί με τις τροποποιήσεις. Στη συνέχεια, κοιτάζοντας στον καθρέφτη, ρύθμισα το πέτο του ναυτικού μπλε "ταγιέρ" μου. Αφού φόρεσα το κομψό χρυσό κολιέ της μητέρας μου, έφτιαξα τα μαλλιά και το μακιγιάζ μου και τελείωσα ξεσκονίζοντας τον χαρτοφύλακά μου. Το σύνολό μου ήταν πλήρες. Αν δεν ήμουν ήδη δικηγόρος, θα μπορούσα άνετα να υποδυθώ έναν στην τηλεόραση.

Δεν μπορούσα να θυμηθώ την τελευταία φορά που έφυγα από το σπίτι, αλλά έπρεπε να έχει περάσει τουλάχιστον μια εβδομάδα. Οι μέρες ήταν όλες θολές μαζί. Αποδεικνύεται ότι όταν δεν εργάζεσαι, δεν έχει σημασία τι μέρα είναι. Αφού άρπαξα την ομπρέλα μου από το κάθισμά της δίπλα στην εξώπορτα, γλίστρησα πίσω από το τιμόνι του Mini Cooper μου. Δεν χρειαζόταν να ελέγξω τον καιρό, οι καλοκαιρινές μέρες είναι πάντα ίδιες εδώ-- ζεστή και αποπνικτική το πρωί, καταιγίδες το απόγευμα.

Όταν σκέφτεστε τη νότια Φλόριντα (και πώς μπορείτε να το αποφύγετε, όταν είμαστε πάντα στις ειδήσεις;), πιθανώς σκέφτεστε το μοντέρνο South Beach ή το κομψό Palm Beach, όπου ο Ντόναλντ Τραμπ έχει μια έπαυλη- μπορεί ακόμη και να σκέφτεστε το Fort Lauderdale, όπου οι Spring Breakers συνήθιζαν να κατακλύζουν τις παραλίες σε μεθυσμένες ορδές μέχρι να τους διώξουν, αλλά πιθανώς δεν σκέφτεστε ποτέ το Χόλιγουντ, την ήσυχη πόλη που βρίσκεται ανάμεσα στο Μαϊάμι και το Fort Lauderdale. Με έκταση μόλις τριάντα τετραγωνικών μιλίων, το Χόλιγουντ είναι ανεπιτήδευτο, προσιτό και γραφικό. Οι δρόμοι φέρουν τα ονόματα προέδρων, ναυάρχων και στρατηγών, γεγονός που μπορεί να μετατρέψει μια βόλτα στο παντοπωλείο σε μάθημα αμερικανικής ιστορίας. Υποθέτω ότι το GPS έχει αφαιρέσει όλη τη διασκέδαση από αυτό. Είναι παράξενο πώς η τεχνολογία βελτιώνει τη ζωή και τη μειώνει ταυτόχρονα.

Βρίσκω τη ζωή στο Χόλιγουντ ανακουφιστική, όχι μόνο επειδή μεγάλωσα εδώ, αλλά και επειδή δεν αλλάζει πολύ. Μπορώ να ξαναζήσω τις αγαπημένες μου αναμνήσεις καθώς περνάω με το αυτοκίνητο από τα αγαπημένα μου αξιοθέατα - το εστιατόριο Wings 'N' Curls, όπου συνηθίζαμε να συναντιόμαστε μετά τους αγώνες ποδοσφαίρου στο λύκειο, και το Stratford's Bar, όπου πηγαίναμε για μπιλιάρδο και φτηνή μπύρα στο κολέγιο. Αν είστε αρκετά τυχεροί για να ζείτε και να εργάζεστε στο Χόλιγουντ, δεν υπάρχει τέτοιο πράγμα όπως μετακίνηση- όλα είναι κοντά. Για παράδειγμα, είναι μόνο τέσσερα μίλια από το σπίτι μου στην Polk Street μέχρι το αστυνομικό τμήμα του Χόλιγουντ, αλλά εξακολουθούσα να παίρνω τους παράδρομους για να αποφεύγω τα φανάρια. Θα έφτανα πάρα πολύ σύντομα και η σκέψη ότι ο Άνταμ -ο καημένος ο ανυπεράσπιστος Άνταμ- θα συλλαμβανόταν, μου έστριβε το στομάχι. Όλες οι άλλες φορές που δεν ήμουν εκεί για εκείνον ήταν τώρα στο μυαλό μου. Έπρεπε να συγκεντρωθώ αν ήθελα να τον βοηθήσω.

Έφτασα λίγα λεπτά αργότερα και βρήκα ένα σκιερό σημείο για να σταθμεύσω, αλλά δεν έσβησα το αυτοκίνητο. Πρέπει να παραδεχτώ ότι ένιωθα λίγο πανικόβλητη. Δέκα χρόνια δικηγόρος και τι ήξερα από ποινικό δίκαιο; Μόνο ό,τι είχα μάθει παρακολουθώντας έναν μαραθώνιο του Νόμος και Τάξη μια Κυριακή -και είχα κοιμηθεί στο μεγαλύτερο μέρος του. Με άλλα λόγια, τίποτα. Παρόλο που το κλιματιστικό φυσούσε παγωμένο, στάλες ιδρώτα έκαναν στίγματα στο άνω χείλος μου και τα χέρια μου είχαν αρχίσει να είναι υγρά. Πριν αρχίσω να ιδρώνω πάνω στο καλύτερο μεταξωτό μου πουκάμισο, αποφάσισα να τηλεφωνήσω στη φίλη μου τη Γκρέις. Εκείνη θα ήξερε τι να κάνει. Η Γκρέις ήταν εσωτερική δικηγόρος σε μια μεγάλη εταιρεία κινητών αξιών, αλλά είχε γίνει δημόσια συνήγορος αμέσως μετά το σχολείο. Η κλήση πήγε κατευθείαν στον τηλεφωνητή και η καρδιά μου βούλιαξε. Θα έπρεπε να πάω στα τυφλά, τι άλλη επιλογή είχα; Ένιωσα τον παλμό μου να χτυπάει στον αριστερό μου κρόταφο καθώς πήρα μερικές ηρεμιστικές ανάσες και έκλεισα τη μίζα. Καθώς ετοιμαζόμουν να βγω από το αυτοκίνητο, το τηλέφωνό μου χτύπησε. Ένα μήνυμα από την Γκρέις! Η τεχνολογία στη διάσωση! Παίρνω πίσω όλα όσα είπα πριν. Με έναν αναστεναγμό ανακούφισης, άναψα ξανά το αυτοκίνητο και μελέτησα το τηλέφωνό μου με μια ένταση που συνήθως επιφυλάσσω για τις φωτογραφίες του Hugh Jackman.

Τζέι, έχω κολλήσει σε μια συνάντηση. Είσαι καλά;

Όχι και τόσο καλά, Γκρέισι - ο ξάδερφός μου ο Άνταμ συνελήφθη!

Ωω, θεέ μου! Τι στο διάολο συνέβη;

Δεν έχω ιδέα... Είμαι έτοιμη να μπω στο αστυνομικό τμήμα του Χόλιγουντ. Χρειάζομαι τη βοήθειά σου, δεν έχω ιδέα!

Εντάξει, ας φτιάξουμε ένα σχέδιο - αν του έχουν απαγγελθεί κατηγορίες, τηλεφώνησέ μου το συντομότερο δυνατό και μην τον αφήσεις να μιλήσει σε κανέναν.

Μπορεί να είναι πολύ αργά...

Αλήθεια. Ο εισαγγελέας θα μπορούσε να ζητήσει ψυχολογική αξιολόγηση, αλλά θα πρέπει να το παλέψετε ή να τον κρατήσουν 72 ώρες.

Θεέ μου, αυτό είναι το τελευταίο πράγμα που χρειάζεται ο Άνταμ!

Ακριβώς. Τώρα, αν δεν του απαγγείλουν κατηγορίες, είσαι χρυσός. Απλά χρησιμοποίησε τις σωστές λέξεις και θα έχεις μια κάρτα για να βγεις από τη φυλακή. Θα σου στείλω τον σύνδεσμο τώρα...

Γκρέισι, είσαι η καλύτερη!

Ναι, το ξέρω. Τηλεφώνησέ μου αργότερα.

Θα το κάνω. Ευχήσου μου καλή τύχη...

Καθώς διέσχιζα τη μικρή απόσταση από το πάρκινγκ μέχρι την εξώπορτα, η άσφαλτος τρεμόπαιζε στη μεσημεριανή ζέστη, δημιουργώντας υδαρείς οφθαλμαπάτες που ξεπρόβαλλαν. Πανύψηλοι φοίνικες υψώνονταν από πάνω μου σαν αυτόκλητοι φρουροί. (Για να είμαι ειλικρινής, είμαι επιφυλακτική απέναντι στους ψηλούς φοίνικες από την ημέρα που παραλίγο να πάθω εγκεφαλική βλάβη από ένα τεράστιο κλαδί φοίνικα που έπεσε από ύψος τριάντα μέτρων. Ακριβώς μπροστά από το δικαστήριο! Μιλάμε για μια υπόθεση σωματικής βλάβης που περιμένει να συμβεί. Οι μάρτυρες θα ήταν όλοι δικηγόροι, εκτός από εκείνον τον τυχερό τύπο (ή την τυχερή κοπέλα) που προσέλαβα εγώ (ή η περιουσία μου) για να αναλάβει την υπόθεση. Τι μεγάλη επιτυχία θα ήταν αυτή. Αλλά τι ηλίθιος τρόπος για να πεθάνει κανείς, έτσι δεν είναι;)

Παρόλο που είχα περάσει εκατοντάδες φορές από το αστυνομικό τμήμα στο δρόμο για το δικαστήριο, δεν είχα μπει ποτέ μέσα. Για την ακρίβεια, δεν είχα μπει ποτέ μέσα σε *κανένα* αστυνομικό τμήμα -γιατί να μπω;- και δεν είχα ιδέα τι να περιμένω. Ίσως οι ώρες που παρακολουθούσα *το Castle* και *το The Mentalist* να με είχαν προετοιμάσει για την πραγματικότητα, αλλά είχα τις αμφιβολίες μου.

Υποθέτω ότι περίμενα να περάσω από ανιχνευτή μετάλλων, αφού αυτή είναι η άσκηση στο δικαστήριο, αλλά δεν συνέβη κάτι τέτοιο. Αντ' αυτού, βρέθηκα σε ένα μικρό λόμπι γεμάτο με δυστυχισμένους ανθρώπους. Ήταν σαν ζωολογικός κήπος. Από τη μία πλευρά, μια ταραγμένη γυναίκα με ένα μωρό που ούρλιαζε, φώναζε σε μια γυναίκα αστυνομικό, ενώ, λίγα μέτρα πιο πέρα, δύο ατημέλητοι άντρες έμπαιναν ο ένας στα μούτρα του άλλου, φωνάζοντας για μια χαλασμένη μηχανή του γκαζόν. Τουλάχιστον νομίζω ότι γι' αυτό τσακώνονταν. Χρειάστηκε να περάσω με το ζόρι για να φτάσω στην υπάλληλο υποδοχής, η οποία ήταν ασφαλής πίσω από αλεξίσφαιρο τζάμι. Ήταν μια βαριεστημένη εικοσάρα με πορφυρά μαλλιά που μόλις και μετά βίας σήκωσε το βλέμμα της από τον υπολογιστή της για να με αναγνωρίσει. Φαινόταν απρόσβλητη από τη φασαρία στο λόμπι. Θα μπορούσε να συμβαίνει σε άλλη διάσταση ή σε έναν μακρινό πλανήτη.

"Είστε δικηγόρος, κυρία μου;" ρώτησε.

"Ναι, είμαι εδώ για τον ΆνταμΆνταμ Μούλερ. Πιστεύω ότι είναι υπό κράτηση".

"Θα πρέπει να δω την κάρτα του δικηγορικού συλλόγου της Φλόριντα και την ταυτότητά σας. Έχετε μαζί σας πυροβόλα όπλα ή όπλα οποιουδήποτε είδους;"

"Όχι, σίγουρα δεν έχω". *Πότε η γενέτειρά μου μετατράπηκε σε O.K. Corral;*

Αφού έριξε μια πρόχειρη ματιά στις ταυτότητές μου, με απέρριψε με ένα νεύμα. "Δεύτερη πόρτα στα δεξιά", μου είπε και με χτύπησε μέσα με το μακρύ μωβ νύχι της.

Καθώς τράβηξα την πόρτα, κοίταξα πίσω στους τύπους που κουρεύανε το γκαζόν και τώρα βρίζονταν μεταξύ τους σε κάτι που ακουγόταν σαν ρωσικά. Ένας αξιωματικός που έμοιαζε με αμυντικό γραμμής κατευθυνόταν προς το μέρος τους και φαινόταν βλοσυρός. Η διατήρηση της ειρήνης έμοιαζε με βρώμικη υπόθεση. Για την ακρίβεια, μου φάνηκε σαν τη χειρότερη δουλειά μπέιμπι σίτινγκ που έγινε ποτέ.

Η αντίθεση μεταξύ του λόμπι και της άλλης πλευράς της πόρτας ήταν αξιοσημείωτη. Ένα μικρό βήμα με είχε οδηγήσει από το χάος σε ένα καλά οργανωμένο σύμπαν όπου όλοι είχαν έναν σκοπό και έναν προορισμό. Γύρω μου, ένστολοι αστυνομικοί και πολίτες έκαναν βόλτες, κάποιοι κουβαλούσαν φακέλους, άλλοι είχαν γρήγορες συζητήσεις στο διάδρομο. Αν ο προθάλαμος έμοιαζε με μυρμηγκοφωλιά που την είχαν κλωτσήσει, τότε το εσωτερικό γραφείο ήταν μια κυψέλη που βούιζε. Δυστυχώς, πρέπει να αναφέρω ότι δεν έμοιαζε καθόλου με το σκηνικό του *Castle* ή του *The Mentalist*. Πόσο απογοητευτικό. Ήξερα ότι η μέρα μου θα πήγαινε προς τα κάτω από εκεί...

Η δεύτερη πόρτα στα δεξιά δεν είχε σήμανση, οπότε χτύπησα ελαφρά πριν την ανοίξω μια χαραμάδα. Μια τσιριχτή αλλά γνώριμη φωνή διέσχισε αμέσως τη σιωπή.

"Αφήστε μας ήσυχους! Ο γιος μου έχει δικαιώματα!"

"Ηρέμησε, θεία Πεγκ, εγώ είμαι", είπα, καθώς μπήκα αθόρυβα στο δωμάτιο, κλείνοντας την πόρτα πίσω μου.

"Ω, Τζέιμι, δόξα τω Θεώ που είσαι εδώ!"

είπε πριν καταρρεύσει στην αγκαλιά μου, κλαίγοντας με λυγμούς.

Την χτύπησα στην πλάτη και έκανα καταπραϋντικούς ήχους, ενώ κοίταζα γύρω από το άγονο δωμάτιο. Η μπλε μοκέτα Berber ήταν καινούργια και οι τοίχοι φρεσκοβαμμένοι, αλλά δεν υπήρχαν διακοσμητικά ή εικόνες που να σπάσουν την εκπληκτική λευκότητα. Στο κέντρο του δωματίου υπήρχε ένα μικρό στρογγυλό τραπέζι με τέσσερις σπονδυλωτές καρέκλες και, κουλουριασμένος σε μια γωνιά, αγκαλιάζοντας τα γόνατά του και κουνώντας τα μπρος-πίσω, ήταν ο ξάδερφός μου ο Άνταμ.

ΚΕΦΆΛΑΙΟ 2

"Μπορείτε να μου πείτε τι συμβαίνει;" Ρώτησα.

Η θεία μου κι εγώ καθόμασταν στο τραπέζι και δεν μιλούσαμε, παρά τις προσπάθειές μου. Ο Άνταμ ήταν ακόμα στη γωνία, αποκλείοντας τον κόσμο, όπως ακριβώς έκανε όταν ήταν παιδί - πριν η εντατική θεραπεία και η εμμονή του με τη μουσική τον βοηθήσουν να μάθει να τα βγάζει πέρα. Θα συνέλθει όταν θα ήταν έτοιμος. Μέχρι τότε, ήταν καλύτερα να τον αφήσουμε ήσυχο. Η καημένη η θεία Πεγκ έδειχνε τόσο ταλαιπωρημένη- ήταν σαν είκοσι δύο χρόνια φύλαξης του Άνταμ να την είχαν τελικά καταβάλει. Ούτε καν όταν εκείνη και ο Ντέιβ χώριζαν, όταν ο γάμος τους κατέρρεε κάτω από την πίεση της φροντίδας του Άνταμ, δεν είχε φανεί τόσο ηττημένη. Ήταν μόλις σαράντα δύο ετών, αλλά εκείνη τη στιγμή έμοιαζε με εξήντα δύο, με σακούλες κάτω από τα μάτια της και βαθιές ρυτίδες στο μέτωπό της. Την παρακολουθούσα να παίρνει έναν συνδετήρα από το τραπέζι, να τον στρίβει και να τον ξετυλίγει μέχρι που τελικά έσπασε. Με κοίταξε.

"Τζέιμι, θέλω να ξυπνήσω από αυτόν τον εφιάλτη, αλλά δεν μπορώ! Όλα ξεκίνησαν σήμερα το πρωί... Άφησα τον Άνταμ στο μάθημα μουσικής του, όπως κάνω πάντα. Κάνει μαθήματα ντραμς στο μουσικό κατάστημα στην οδό Χάρισον. Όταν πήγα να τον παραλάβω μια ώρα αργότερα, υπήρχαν περιπολικά και ένα ασθενοφόρο που έκλεισαν το δρόμο. Παραλίγο να τρακάρω το αμάξι γιατί τρομοκρατήθηκα τόσο πολύ - νόμιζα ότι κάτι είχε συμβεί στον Άνταμ! Οποιαδήποτε μητέρα θα είχε πανικοβληθεί, αλλά για μένα ήταν χειρότερα λόγω του Άνταμ. Δεν βλέπει τα προβλήματα να έρχονται. Είναι πολύ ευκολόπιστος, ακόμα και μετά από αυτό που συνέβη με εκείνα τα απαίσια παιδιά...".

Άρχισε πάλι να κλαίει και έβγαλα ένα χαρτομάντιλο από την τσάντα μου. Οι δικηγόροι διαζυγίων έχουν πάντα χαρτομάντιλα πρόχειρα.

"Τότε τι συνέβη, θεία Πεγκ;" Δεν μπορούσα να φανταστώ πού πήγαινε αυτή η ιστορία.

"Σταμάτησα έναν αστυνομικό - μάλλον τον άρπαξα - και απαίτησα να μάθω τι συμβαίνει. Είπε ότι είχε γίνει μια ανθρωποκτονία! Άρχισα να κλαίω και να ουρλιάζω για τον Άνταμ και τότε... αυτός... είπε... ο Άνταμ δεν είχε χτυπήσει, αλλά τον έπαιρναν υπό κράτηση!".

Ήταν στα πρόθυρα υστερίας, οπότε έκλεισε τα μάτια της και πήρε μερικές βαθιές ανάσες. Είχα ξαναδεί τον Άνταμ να χρησιμοποιεί αυτή την τεχνική ηρεμίας.

Περίμενα ένα λεπτό και μετά την έσπρωξα απαλά: "Θεία Πεγκ;"

Συνέχισε σαν να βρισκόταν σε έκσταση. "Ακολούθησα το περιπολικό πίσω στο τμήμα. Στην αρχή, δεν θα με άφηναν να μπω εδώ μέσα επειδή ο Άνταμ είναι πάνω από δεκαοχτώ ετών, αλλά, όταν τον είδαν έτσι, άλλαξαν γνώμη". Σταμάτησε και κοίταξε τον Άνταμ με δάκρυα στα μάτια.

"Μάργκαρετ Μίλερ, κοίταξέ με!" Έσπασα το κεφάλι μου.

"Τι, Τζέιμι;"

"Θα μου πεις ποιος πέθανε επιτέλους;"

"Συγγνώμη, νόμιζα ότι σου είπα - ήταν ο δάσκαλος μουσικής του Άνταμ, ο Σπάικ. Ένας από τους άλλους καθηγητές άκουσε μια κραυγή και έτρεξε στην αίθουσα. Είδε τον Άνταμ να στέκεται πάνω από το πτώμα του Σπάικ. Και είχε αίμα στα χέρια του...".

Σηκώθηκα από την καρέκλα μου. "Θεέ μου, αυτό είναι τρομερό! Αλλά ο Άνταμ πρέπει να τον βρήκε έτσι, σωστά;"

"Αυτό είπα κι εγώ, αλλά τον συνέλαβαν ούτως ή άλλως!" Έθαψε το πρόσωπό της στα χέρια της.

Ένιωσα το δωμάτιο να κλείνει πάνω μου. Ο αέρας ήταν τόσο αποπνικτικός που νόμιζα ότι θα λιποθυμούσα. Αυτό ήταν πολύ χειρότερο από οτιδήποτε θα μπορούσα να φανταστώ. *Σκέψου, Τζέιμι, σκέψου!* Κάθε φορά που έχω μια κρίση, προσπαθώ να βάζω τα πράγματα σε μια προοπτική ρωτώντας τον εαυτό μου: *Αν τα θαλασσώσω, θα πεθάνει κανείς;* Συνήθως, η απάντηση είναι όχι...

Η Γκρέις θα μπορούσε να το διορθώσει αυτό, ήμουν σίγουρος γι' αυτό, αλλά χρειαζόμουν περισσότερες πληροφορίες. Άρχισα να βηματίζω μπρος-πίσω, διαγράφοντας ένα μονοπάτι στο καινούργιο χαλί.

"Θεία Πεγκ, θα το ξεπεράσουμε αυτό, εντάξει;" Έβαλα το χέρι μου γύρω από τους ώμους της, ήταν μόνο μια μισή αγκαλιά, αλλά φάνηκε να κάνει το κόλπο. Εκείνη έγνεψε.

"Πες μου τι συνέβη από τότε που ήρθες εδώ, είπε τίποτα ο Άνταμ;"

"Ούτε λέξη."

"Ήρθε κανείς να σου μιλήσει;"

"Ναι, ένας ντετέκτιβ Ερνάντεζ και ένας νεαρός με κοστούμι. Τους είπα ότι η δικηγόρος μας είναι καθ' οδόν. Υποτίθεται ότι πρέπει να τους το πω όταν φτάσετε εδώ".

Αποφάσισα ότι ήταν μια καλή στιγμή να βγάλω το τηλέφωνό μου και να διαβάσω τις πληροφορίες που είχε στείλει η Γκρέις. Μιλάμε για το ταχύρρυθμο μάθημά σας στο ποινικό δίκαιο! Είχα ξεφύγει τόσο πολύ από τη ζώνη άνεσής μου που δεν πίστευα ότι θα έβρισκα ποτέ τον δρόμο της επιστροφής. Θυμήθηκα το καταστατικό που είχα στο χαρτοφύλακά μου (ήταν το μόνο πράγμα εκεί μέσα, εκτός από ένα νομικό μπλοκ) και το έβγαλα. Είπα στη θεία μου να μείνει εκεί, εγώ θα έβρισκα τον ντετέκτιβ Χερνάντεζ.

"Και κάτι ακόμα", είπα, "και αυτό είναι πραγματικά σημαντικό. Προσποιήσου ότι δεν είμαστε συγγενείς. Είναι καλύτερα αν δεν νομίζουν ότι έχω κάποιο συμφέρον σε αυτό, εντάξει;"

"Εντάξει, αλλά πώς να σε φωνάζω; Δεσποινίς Κουίν;"

"Στην πραγματικότητα, προτιμώ το "Υψηλοτάτη" ή το "βασιλική μου κυρία", αλλά μπορείτε να με λέτε Τζέιμι. Μόνο για σήμερα". Γέλασα και τη φίλησα στο μάγουλο. Σε αντάλλαγμα, μου έσφιξε το χέρι και μου χάρισε ένα αδύναμο χαμόγελο. Μου φάνηκε δίκαιο αντάλλαγμα.

ΚΕΦΑΛΑΙΟ 3

Κατέβαινα το διάδρομο όταν κάποιος με χτύπησε στον ώμο.

"Με συγχωρείτε, είστε η Τζέιμι Κουίν;"

Γύρισα και βρέθηκα πρόσωπο με πρόσωπο με ένα μοντέλο για το εξώφυλλο του GQ. Από τα γυαλιστερά του παπούτσια με τα φτερά, το κομψό κοστούμι Armani και τα γυαλιστερά μαύρα μαλλιά του, αυτός ο τύπος έμοιαζε να πηγαίνει ψηλά - αν δεν είχε ήδη φτάσει. Ήμουν σίγουρη ότι δεν ήταν ο ντετέκτιβ Χερνάντεζ.

"Βλέπω ότι η φήμη μου προηγείται", είπα χαμογελώντας. "Και εσύ είσαι;"

"Νίκος Δημητρόπουλος, Εισαγγελία". Μου έσφιξε το χέρι αποφασιστικά αλλά σύντομα, εντελώς επαγγελματικά.

"Μου έχει ανατεθεί η υπόθεση ανθρωποκτονίας από σήμερα το πρωί. Εκπροσωπείτε τον ΆνταμΆνταμ Μούλερ;" Προσπάθησε να ακουστεί αδιάφορος, αλλά μπορούσα να καταλάβω ότι ήταν ερεθισμένος , σαν λιοντάρι που περιτριγυρίζει ένα κοπάδι γκνου. Λοιπόν, αυτός ο τύπος τα έβαλε με λάθος γκνου.

"Ακριβώς, ναι. ." *Αυτές οι δύο λέξεις βγήκαν πραγματικά από το στόμα μου;*

"Και σε ποια εταιρεία είπατε ότι είστε;" ρώτησε, κοιτάζοντας το κοστούμι μου, που ήταν δύο ετών και το αγόρασα από το ράφι του Macy's. Όπως συνήθιζε να λέει η μητέρα μου, τα κλασικά δεν βγαίνουν ποτέ από τη μόδα.

Χαμογέλασα γλυκά. Μόνο οι πρωτάρηδες δικηγόροι σε κρίνουν από την εμφάνισή σου. Αποθήκευσα αυτή την πληροφορία στο μυαλό μου. "Είμαι ελεύθερη επαγγελματίας, το γραφείο μου είναι στο κέντρο της πόλης. Οπότε, πηγαίνοντας λίγο μπροστά, έχετε κατηγορήσει τον πελάτη μου για κάτι;"

Πριν προλάβει να απαντήσει, ένας από τους βοηθούς του πλησίασε και του ψιθύρισε κάτι στο αυτί. Του έδωσε κάποια χαρτιά και μετά έφυγε. Ο Νικ (ήμουν σίγουρη ότι δεν θα τον πείραζε αν τον αποκαλούσα Νικ) το κοίταξε και συνοφρυώθηκε. Στρέφοντας την προσοχή του πάλι σε μένα, χωρίς να ζητήσει ούτε μια συγγνώμη, είπε:

"Όχι ακόμα, αλλά το επεξεργαζόμαστε".

"Έχετε κανένα στοιχείο, εκτός από το γεγονός ότι περιπλανήθηκε σε μια σκηνή δολοφονίας; Το να βρίσκεσαι στο λάθος μέρος τη λάθος στιγμή δεν είναι έγκλημα, απ' όσο ξέρω".

Έδειχνε περιφρονητικός. "Τότε, κυρία Κουίν, δεν ξέρετε πολλά. Ο πελάτης σας έκανε αρκετές ενοχοποιητικές δηλώσεις".

Ήμουν τόσο θυμωμένη που με δυσκολία συγκρατούσα τον εαυτό μου. "Μιλήσατε στον πελάτη μου χωρίς την παρουσία μου; Αφού σας είπε ότι είχε δικηγόρο;"

"Φυσικά όχι. Δεν έχει πει λέξη από τότε που τον έφεραν και κανείς δεν τον ρώτησε τίποτα. Αλλά έκανε αυθόρμητες εκφράσεις στη σκηνή του εγκλήματος".

Ξεφυλλίζοντας τα χαρτιά στο χέρι του, είπε: "Είναι στην έκθεση. Θα σας τη διαβάσω:

Το θύμα απεβίωσε, προφανώς από αμβλύ τραύμα. Ο ύποπτος βρέθηκε να στέκεται δίπλα στο θύμα. Όταν ο υπογεγραμμένος πλησίασε τον ύποπτο, ο ύποπτος έκανε τις ακόλουθες ανεπιθύμητες δηλώσεις: "Εγώ φταίω για όλα, έκανα κάτι κακό" και επίσης: "Λυπάμαι, λυπάμαι, λυπάμαι πολύ...'".

Ω, Άνταμ! Πώς θα μπορούσα ποτέ να μιλήσω για να ξεφύγω από αυτό; Θα έπρεπε να γίνω το άλφα σκυλί του κ. Εισαγγελέα.

"Άκου, Νικ", είπα, "ξέρω πώς ακούγεται αυτό, αλλά άκου την ιστορία. Ο πελάτης μου λέει διάφορα πράγματα επειδή έχει σύνδρομο ΆσπεργκερΆσπεργκερ. Το γνωρίζεις; Όχι; Λοιπόν, ίσως να θέλεις να το διαβάσεις. Τα άτομα με σύνδρομο Άσπεργκερ έχουν δυσκολίες στην κοινωνική αλληλεπίδραση και συχνά εμφανίζουν ασυνήθιστες συμπεριφορές. Το συμπέρασμα είναι το εξής: ο ΆντamΆνταμ Μούλερ προστατεύεται σύμφωνα με τον νόμο του 2008 για την τροποποίηση της νομοθεσίας για τους Αμερικανούς με αναπηρίες. Εδώ είναι ένα αντίγραφο του νόμου. Έτσι, αν δεν πρόκειται να του απαγγείλετε κατηγορίες, πρέπει να τον αφήσετε να φύγει. Αμέσως. Αλλιώς θα καταθέσουμε αγωγή κατά της υπηρεσίας βάσει της ADA".

Η έκφρασή του ήταν ένα μείγμα περιφρόνησης και ελάχιστα ελεγχόμενου θυμού. Οφείλω να ομολογήσω ότι όλο αυτό το δηλητήριο αφαιρούσε από την καλοσχηματισμένη εμφάνισή του. Όταν τελείωσε να με κοιτάζει επίμονα, γύρισε και έφυγε χωρίς ούτε ένα "χάρηκα για τη γνωριμία". Τι συμβαίνει με τους τρόπους των ανθρώπων στις μέρες μας; Τα ρίχνω όλα στο ίντερνετ.

Του φώναξα: "Δικαιούμαι ένα αντίγραφο της αστυνομικής έκθεσης".

Γύρισε και ήρθε πάλι σε μένα. "Άκουσε, Κουίν", είπε ψυχρά, "ξέρω ότι το έκανε ο δικός σου και όταν τελειώσουμε με την ανάλυση των στοιχείων, θα απαγγελθούν κατηγορίες. Προσπάθησε τότε να κρυφτείς πίσω από το καθεστώς σου".

Έφυγε πάλι και, αυτή τη φορά, δεν επέστρεψε. Φίλε, τι αποτυχημένος! Πιθανότατα δεν θα ήταν ούτε ευγενικός νικητής. Πήρα μια βαθιά ανάσα και τίναξα την ένταση από το λαιμό και τους ώμους μου. Το να ξεσφίξω το σαγόνι μου θα έπαιρνε λίγο περισσότερο χρόνο. *Μπορείς να χαλαρώσεις, Τζέιμι, σκέφτηκα, ο Άνταμ είναι ασφαλής. Τουλάχιστον προς το παρόν.....*

ΚΕΦΑΛΑΙΟ 4

"Ποτέ στη ζωή μου δεν χάρηκα τόσο πολύ που γύρισα σπίτι!" είπε η θεία Πεγκ, πετώντας την τσάντα της στο τραπέζι της τραπεζαρίας και βγάζοντας τα παπούτσια της. "Είμαι εξαντλημένη".

"Και οι δυο μας, αδελφούλα", είπα, πέφτοντας σε μια αναπαυτική πολυθρόνα στη γωνία.

Μόλις κάθισα, δύο πληθωρικά κουτάβια πήδηξαν στην αγκαλιά μου και άρχισαν να γλύφουν το πρόσωπό μου ασταμάτητα.

"Και ποιον έχουμε εδώ, Άνταμ;" Χαμογέλασα στον ξάδερφό μου, ο οποίος καθόταν στο πάτωμα δίπλα στην καρέκλα μου και χάιδευε τα σκυλιά.

"Ο μαύρος είναι ο Angus Young, είναι σκωτσέζικο τεριέ και είναι έξι μηνών. Ο κοκκινωπός είναι ο Bono και είναι ιρλανδικό setter. Είναι μόλις τριών μηνών".

"Διαισθάνομαι ένα θέμα εδώ..." Γέλασα καθώς έβλεπα τον Άνταμ να κυλιέται στο πάτωμα με τα κουτάβια. Ο ίδιος έμοιαζε με ένα υπερτροφικό κουτάβι. Δεν μπορούσα να σκεφτώ κάποια ράτσα σκύλου με ξανθά σγουρά μαλλιά σαν του Άνταμ, αλλά αν υπήρχε, αυτό θα ήταν.

Η θεία Πεγκ μου έφερε ένα ποτήρι παγωμένο τσάι και έναν χυμό πορτοκάλι για τον Άνταμ. Μετά κάθισε στον καναπέ και στήριξε τα πόδια της στο τραπεζάκι του καφέ.

"Ξέρεις, Άνταμ, δεν νομίζω ότι στο έχω ξαναπεί", είπε, "αλλά πήγα την Τζέιμι σε μια συναυλία των U2 όταν ήταν δεκαέξι ετών".

Το στόμα του Άνταμ έμεινε ανοιχτό, τα καστανά του μάτια διάπλατα. "Ουάου! Μακάρι να μπορούσα να έρθω".

"Θα σου πω κάτι", είπα. "Αν οι AC/DC ή οι U2 εμφανιστούν ξανά στη νότια Φλόριντα, θα σε πάρω μαζί μου".

"Αυτό είναι φοβερό, Τζέιμι! Ανυπομονώ! Μπορώ να σου δείξω τα μουσικά πράγματα στο δωμάτιό μου τώρα;" ρώτησε, προσπαθώντας να με τραβήξει από την καρέκλα. Ήταν δύσκολο να του αντισταθώ, αφού με ξεπερνούσε κατά τουλάχιστον πενήντα κιλά. Κανείς δεν θα μπορούσε ποτέ να μαντέψει ότι ήμασταν ξαδέρφια, επειδή εκείνος ήταν ψηλός και ανοιχτόχρωμος και εγώ κοντός και με λαδί δέρμα. Μου είπαν ότι μοιάζω με την πλευρά του πατέρα μου, αλλά δεν το ήξερα.

"Βέβαια, Άνταμ, αλλά πρέπει πρώτα να μιλήσω με τη μαμά σου, εντάξει;"

"Γιατί δεν βγάζεις τα σκυλιά βόλτα, γλυκέ μου; Δεν έχουν βγει έξω όλη μέρα", είπε η θεία Πεγκ.

Αφού ο Άνταμ έφυγε από την πόρτα, κάθισα δίπλα στη θεία Πεγκ και κατέβασα το παγωμένο τσάι μου σαν κάποιος που μόλις είχε διασχίσει τη Σαχάρα. Δεν έδωσα καν την ευκαιρία στον πάγο να λιώσει. Η θεία μου πετάχτηκε για να μου ξαναγεμίσει το ποτήρι.

"Δεν μπορώ να θυμηθώ την τελευταία φορά που ήμουν εδώ", είπα, κάνοντας κουβέντα, ενώ εκείνη έκανε φασαρία στην κουζίνα.

Προς έκπληξή μου, η θεία Πεγκ ξέσπασε σε δάκρυα. Έτρεξα να την παρηγορήσω.

"'Ήταν μια δύσκολη μέρα, το ξέρω", είπα, χτυπώντας την στον ώμο.

Με τράβηξε σε μια σφιχτή αγκαλιά.

"Ω, Τζέιμι, λυπάμαι πολύ, δεν ήμουν καθόλου δίπλα σου. Από τότε που πέθανε η Σου, ήμουν τόσο χάλια, που με το ζόρι λειτουργούσα. Ήταν το μόνο που μπορούσα να κάνω για να καταφέρω να πάω στη δουλειά και να φροντίσω τον Άνταμ. Η Σου δεν ήταν απλώς η μεγάλη μου αδελφή, ήταν η καλύτερη φίλη μου... και δεν μπορώ να πιστέψω ότι έφυγε".

Τότε κλαίγαμε και οι δύο. Εγώ, γιατί δεν είχα σκεφτεί τη θλίψη κανενός άλλου εκτός από τη δική μου. Έπρεπε να είμαι το πιο εγωιστικό, εγωκεντρικό άτομο στον πλανήτη.

"Ούτε εγώ ήμουν εκεί για σένα, θεία Πεγκ, και λυπάμαι". Πήρα ένα χαρτομάντιλο από την τσάντα μου και φύσηξα τη μύτη μου. "Τι θα έλεγε η μαμά μου αν μας έβλεπε τις δυο μας να κλαίμε έτσι, με τη μάσκαρα να τρέχει στο πρόσωπό μας;"

Η θεία μου χαμογέλασε μέσα από τα

δάκρυά της. "Έλεγε 'οι ενοχές είναι ηλίθιο χάσιμο χρόνου. Αν αισθάνεσαι άσχημα, σήκω και κάνε κάτι γι' αυτό".

"Ακριβώς. Οπότε, εσύ κι εγώ εγκαταλείπουμε επίσημα τις ενοχές, εντάξει; Προσωπικά, θα προτιμούσα να κάνω ένα ταξίδι σχεδόν οπουδήποτε αλλού". Επιστρέψαμε μαζί στο σαλόνι και καθίσαμε στον καναπέ.

"Σύμφωνοι", είπε. "Και σε ευχαριστώ πολύ για σήμερα, δεν ξέρω πώς τους έπεισες να αφήσουν τον Άνταμ να φύγει. Είσαι καταπληκτική!"

"Και δεν ξέρω πώς έβγαλες τον Άνταμ από την κατάρρευση του! Ήταν σαν μαγεία".

Γέλασε. "Έχω χρόνια εμπειρίας! Στην πραγματικότητα, το μόνο που είχα να κάνω ήταν να του πω ότι πηγαίνουμε σπίτι και ότι τα σκυλιά τον περιμένουν. Αλλά κανόνισα ένα επείγον ραντεβού με τον ψυχολόγο του για αύριο, το χρειάζεται σίγουρα. Και μάλλον πρέπει να κλείσω ένα ραντεβού και για τον εαυτό μου. Χαίρομαι τόσο πολύ που αυτός ο εφιάλτης τελείωσε".

Δεν μπορούσα να της πω την αλήθεια, αλλά θα το μάθαινε σύντομα. Δεν είχε τελειώσει. Μόλις άρχιζε...

ΚΕΦΆΛΑΙΟ 5

Ακριβώς μια εβδομάδα αργότερα, δειπνούσα με την Γκρέις στο αγαπημένο μου εστιατόριο για τα γενέθλιά μου, το Le Bonne Crepe, στο Fort Lauderdale. Μόνο που δεν ήταν τα γενέθλιά μου. Το είχαμε επιλέξει επειδή είναι δίπλα στο γραφείο της Γκρέις στην πολυτελή λεωφόρο Las Olas Boulevard. (Ανέφερα ότι δουλεύει για μια μεγάλη εταιρεία κινητών αξιών, σωστά;) Επίσης, ήξερα ότι είχε άσχημα νέα για μένα και ένιωθα ότι μου άξιζε ένα κέρασμα, σαν το τελευταίο γεύμα ενός φυλακισμένου.

"Τι θα έλεγες για Κρεπ Σουζέτ;" είπε η Γκρέις. "Όταν την ανάβουν στη φωτιά, είναι σαν δείπνο και παράσταση. Για να μην αναφέρω ότι είναι πεντανόστιμη". Η Γκρέις πάντα ενθουσιαζόταν με το επιδόρπιο.

"Αστειεύεσαι;" Είπα. "Αυτός είναι ο λόγος που έρχομαι εδώ. Λατρεύω το Grand Marnier. Η Κρεπ Σουζέτ είναι ένα ποτό μετά το δείπνο μεταμφιεσμένο σε επιδόρπιο".

"Παγωτό βανίλια στο πλάι;"

"Πρέπει πραγματικά να ρωτάς;"

Γέλασε. "Απλά σε δοκιμάζω. Λοιπόν, να πιάσουμε δουλειά τώρα;"

"Μου χαλάς το κέφι από το επιδόρπιο, Γκρέισι!" Είπα, σηκώνοντας τα χέρια μου.

"Εντάξει, εντάξει, συγγνώμη Τζέιμς, μπορεί να περιμένει..."

Αφού φάγαμε κάθε μπουκιά, γλείφοντας τα δάχτυλά μας και τα πιρούνια, καθίσαμε στις ταπετσαρισμένες καρέκλες μας και ρουφήξαμε τον καφέ μας, απολαμβάνοντας τη ζεστή ατμόσφαιρα του γαλλικού μπιστρό.

"Θα έγλειφα το πιάτο αν δεν ήσουν εδώ..." είπε η Γκρέις με νοσταλγία.

"Ξέρεις ότι δεν κρίνω".

"Βλέπεις; Γι' αυτό μου αρέσεις", είπε γελώντας.

~

Η Γκρέις και εγώ ήμασταν φίλες από το δεύτερο έτος της Νομικής Σχολής της Nova, όταν ανακαλύψαμε ότι ήμασταν στις ίδιες τάξεις. Αποδεικνύεται ότι όταν συναντάς ένα άτομο τέσσερις φορές την ημέρα, κάθε μέρα, τελικά θα ξεκινήσεις μια συζήτηση. Η Γκρέις είχε κίνητρο, ήταν από εκείνους τους ανθρώπους που ήθελαν πραγματικά να γίνουν δικηγόροι, σοβαρή για τη σχολή, αλλά με τρελό χιούμορ. Εγώ είχα σπουδάσει Αγγλική Φιλολογία και είχα παρασυρθεί στη Νομική, ελλείψει καλύτερου σχεδίου. Η φιλία με την Γκρέις έκανε τη νομική σχολή πολύ καλύτερη.

Ένα βράδυ, ήμασταν στο διαμέρισμα της Γκρέις και διαβάζαμε για τις εξετάσεις για τα αδικήματα. Γύρω στις τρεις τα ξημερώματα, αρχίσαμε να γινόμαστε νευρικοί. Είχαμε μόλις τελειώσει να διαβάζουμε για τον "ενάγοντα με κέλυφος αυγού" (κάποιος που είναι πιο επιρρεπής σε τραυματισμούς από τον μέσο άνθρωπο), όταν η Γκρέις έφυγε στην κουζίνα. Επέστρεψε λίγα λεπτά αργότερα κρατώντας ένα πιάτο και χασκογελώντας. Στο πιάτο υπήρχε ένα ανθρωπάκι που είχε φτιάξει από τσόφλια αυγών με τις λέξεις "Βοήθησέ με Τζέιμι!" με κέτσαπ δίπλα του. Παραλίγο να πέσω από την καρέκλα μου από τα γέλια.

"Γκρέις, με τρελαίνεις!" Είπα, νιώθοντας αρκετά πνευματώδης. Φυσικά, στις τρεις το πρωί, τα στάνταρ μου τείνουν να πέφτουν σημαντικά.

Την επόμενη μέρα, κατά τη διάρκεια της εξέτασης, το μόνο που μπορούσα να σκεφτώ ήταν το καημένο το αβγοκέρατο της Γκρέις και έπρεπε να καταπνίξω τα γέλια μου. Όλοι στην αίθουσα πρέπει να νόμιζαν ότι ήμουν τρελή.

~

"Τζέιμι, ήρθε η ώρα, φοβάμαι..." Η Γκρέις έδειχνε σοβαρή.

"Υποθέτω ότι είμαι έτοιμος". Είπα, γέρνοντας προς τα εμπρός. Έβγαλα ένα μπλοκ χαρτί και ένα στυλό από την τσάντα μου και τα άφησα στο τραπέζι.

"Θέλετε τα κακά νέα ή τα πραγματικά κακά νέα;"

"Είναι αποδεκτή απάντηση το "ούτε το ένα

ούτε το άλλο";" Αναστέναξα. "Ό,τι νομίζεις εσύ, Γκρέις".

Έκανε νόημα στον σερβιτόρο να φέρει τον λογαριασμό, ο οποίος τον κατέθεσε αμέσως στο κέντρο του τραπεζιού.

"Εντάξει, εξέτασα την έκθεση της αστυνομίας και την έκθεση της σήμανσης από τον τόπο του εγκλήματος. Γνωρίζετε ήδη για τις ενοχοποιητικές δηλώσεις που έκανε ο Άνταμ, αλλά υπάρχουν κι άλλα. Το αίμα του θύματος βρέθηκε στα παπούτσια του Άνταμ, αλλά μόνο στις σόλες, κάτι που θα μπορούσε να έχει συμβεί όταν περπάτησε προς το πτώμα". Έκανε μια παύση για να κοιτάξει τις σημειώσεις της. "Προχωρώντας στην αιτία θανάτου, το θύμα, ο Σπάικ, που δεν φαίνεται να έχει επώνυμο, σκοτώθηκε από χτύπημα στο κεφάλι. Το φονικό όπλο ήταν ένα ντιτζεριντού, το οποίο βρέθηκε στον τόπο του εγκλήματος".

"Τι στο διάολο είναι το ντι-τζε-ρι-ντού "

"Έπρεπε να το ψάξω. Σύμφωνα με τη Wikipedia, είναι ένα πνευστό όργανο των Αυστραλών Αβοριγίνων. Βασικά, είναι ένας μακρύς ξύλινος σωλήνας μήκους περίπου ενός μέτρου που μπορεί να ζυγίζει μέχρι και δέκα κιλά. Αυτό εδώ ζύγιζε έξι. Σύμφωνα με την έκθεση, υπήρχαν πολλά σετ δακτυλικών αποτυπωμάτων πάνω του, μεταξύ των οποίων και του θύματος". Η Γκρέις με κοίταξε με συμπάθεια. "Και του Άνταμ..."

Στεναχωρήθηκα. "Το ότι άγγιξε το ντιτζέρι-οτιδήποτε δεν σημαίνει ότι δολοφόνησε τον καθηγητή μουσικής του! Παίζει πολλά μουσικά όργανα, αυτό είναι το φόρτε του. Και ο Άνταμ δεν θα έκανε ποτέ κακό σε κανέναν, ακόμα κι αν τον σφυροκοπούσε αναίσθητο. Θυμάστε όταν ήταν στο γυμνάσιο και εκείνα τα παιδιά τον χτύπησαν και του έσπασαν το χέρι; Δεν μπορούσε καν να υπερασπιστεί τον εαυτό του! Δεν είχε κανέναν λόγο να πειράξει τον δάσκαλό του".

Η Γκρέις ένεψε, με τα μακριά σκούρα μαλλιά της να πέφτουν στο πρόσωπό της. "Το ξέρω, Τζέιμι".

"Λοιπόν, ποια είδηση θα μπορούσε να είναι χειρότερη από αυτή;"

"Ο εισαγγελέας σχεδιάζει να απαγγείλει κατηγορίες εναντίον του Άνταμ την επόμενη εβδομάδα".

"Γαμώτο!" Χτύπησα το χαρτί μου στο τραπέζι. "Έχουν ψάξει καν για τον πραγματικό δολοφόνο; Κάποιον που να έχει λόγο να σκοτώσει αυτόν τον τύπο;"

"Δεν φαίνεται. Το χρυσό τους παιδί, ο Νίκος Δημητρόπουλος, χειρίζεται την υπόθεση. Είναι ένας σπουδαίος απόφοιτος της σχολής που θέλει να κάνει όνομα για τον εαυτό του. Έχω ακούσει ότι σχεδιάζει να ασχοληθεί με την πολιτική, όπως ο πατέρας του...".

"Θεέ μου! Μη μου πείτε ότι είναι ο γιος του Θόδωρου Δημητρόπουλου! Αυτό είναι υπέροχο - ο γιος ενός πολιτειακού γερουσιαστή κυνηγάει τον ανάπηρο ξάδερφό μου...". Μου ήρθε να κλάψω ή να ουρλιάξω ή και τα δύο ταυτόχρονα. "Τι θα κάνω, Γκρέις; Δεν μπορώ να τον εκπροσωπήσω, και η θεία μου δεν έχει τα χρήματα για να προσλάβει δικηγόρο. Είναι δασκάλα σε δημοτικό σχολείο".

Η Γκρέις φαινόταν σκεπτόμενη. "Τι γίνεται με τον πατέρα του Άνταμ;

"Ντέιβ;" Κούνησα το κεφάλι μου. "Αποκλείεται, είναι άφραγκος. Δεν είναι καν μέρος της ζωής του Άνταμ πια. Ξαναπαντρεύτηκε και μετακόμισε εκτός πολιτείας. Νομίζω ότι έχει άλλα τρία παιδιά".

"Λοιπόν, η συμβουλή μου είναι η εξής: αφήστε τον να τον εκπροσωπήσει ο δημόσιος συνήγορος. Πρόκειται για μια υπόθεση υψηλού προφίλ, οπότε θα βάλουν το καλύτερο άτομο γι' αυτό, και αυτό είναι η Σούζαν Ντόιλ. Είναι πολύ καλή και ασχολείται με αυτή την υπόθεση πολύ περισσότερο καιρό από τον 'Slick Nick'. Δουλέψαμε μαζί στο γραφείο του εισαγγελέα και δεν θα την πειράξει αν τη βοηθήσω να καταστρώσει τη στρατηγική της. Ξέρεις ότι θα κάνω ό,τι μπορώ για σένα...".

Ένιωσα μια αχτίδα ελπίδας. "Κι αν έβαζα υποθήκη το σπίτι μου; Είναι ελεύθερο και καθαρό. Τότε θα μπορούσα να προσλάβω έναν σπουδαίο δικηγόρο υπεράσπισης - τίποτα εναντίον της Σούζαν, φυσικά".

Η Γκρέις κούνησε το κεφάλι της. "Αυτό δεν θα πετύχει", είπε ευγενικά. "Δεν μπορείτε να πάρετε στεγαστικό δάνειο επειδή δεν εργάζεστε. Και μπορεί να χρειαστεί να χρησιμοποιήσετε το σπίτι σας ως εγγύηση".

"Παράπλευρες απώλειες; Για ποιο λόγο;" Ρώτησα.

"Για να πληρώσω την εγγύηση, Τζέιμι", είπε.

ΚΕΦΑΛΑΙΟ 6

Ήταν ένα μακρύ Σαββατοκύριακο και η Γκρέις μου είχε δώσει πολλά να σκεφτώ. Πάρα πολλά, στην πραγματικότητα. Το να προσπαθήσω να μην πέσω σε εμβρυακή στάση ήταν μια πρόκληση, αλλά έπρεπε να παραμείνω αισιόδοξος για τη θεία Πεγκ. Δεν είχε ιδέα τι ερχόταν και δεν ήμουν έτοιμος να της το πω ακόμα. Το μόνο πράγμα που με κρατούσε στα λογικά μου ήταν να επικεντρωθώ στον Άνταμ και να προετοιμαστώ για τη δοκιμασία που θα ακολουθούσε. Και έτσι, το πρώτο πράγμα που έκανα τη Δευτέρα το πρωί, έκανα ένα τηλεφώνημα.

"Εδώ Σούζαν Ντόιλ".

Η φωνή στο τηλέφωνο ήταν γεμάτη αυτοπεποίθηση και κύρος. Είχε έναν τόνο που έλεγε: "Ελπίζω να είναι σημαντικό, δεν έχω χρόνο για ανοησίες". Είχε πει μόνο τρεις λέξεις και μου άρεσε ήδη.

"Γεια σας, είμαι η Τζέιμι Κουίν, φίλη της Γκρέις Άντερσον...".

"Ω ναι, δεσποινίς Κουίν, περίμενα το τηλεφώνημά σας. Η Γκρέις μου είπε για την κατάσταση της ξαδέλφης σας. Δυστυχώς, φαίνεται ότι η υπόθεση προχωράει. Σε μια προσωπική σημείωση, με τρομάζει το γεγονός ότι ο εισαγγελέας αποφάσισε να ασκήσει δίωξη με μόνο έμμεσες αποδείξεις και χωρίς προφανές κίνητρο, αλλά δέχεται μεγάλη πίεση για να βάλει κάποιον πίσω από τα κάγκελα. Για να μην αναφέρω ότι υπάρχει πολλή δημοσιότητα για να κερδίσει", πρόσθεσε ειρωνικά.

"Έτσι άκουσα", είπα, νιώθοντας το σαγόνι μου να σφίγγεται. "Ήθελα να επικοινωνήσω μαζί σου για μερικούς λόγους. Πρώτον, θα ήθελα να ξέρω τι να περιμένω. Ο ξάδερφός μου μπορεί να είναι είκοσι δύο ετών, αλλά συναισθηματικά και κοινωνικά είναι πολύ νεότερος. Ο Άνταμ είναι ένα ευγενικό αγόρι και δεν θα έκανε ποτέ κακό σε κανέναν- απλώς δεν είναι ικανός για κάτι τέτοιο. Με το σύνδρομο Άσπεργκερ, δεν μπορεί να διαχειριστεί το άγχος και φοβάμαι ότι αυτό θα τον καταστρέψει...". Άρχισα να κλαίω, όπως το ήξερα ότι θα το έκανα, και πήγα στον νεροχύτη της κουζίνας για να ρίξω νερό στο πρόσωπό μου. Έπρεπε να συνέλθω.

"Καταλαβαίνω, δεσποινίς Κουίν... Τζέιμι... και το σκεφτόμουν αυτό. Ο Άνταμ θα πρέπει να περάσει από σύλληψη και κράτηση, αλλά υπάρχουν κάποια πράγματα που μπορούμε να κάνουμε γι' αυτόν. Ο εισαγγελέας θα θέλει μια εντυπωσιακή σύλληψη, αλλά μπορούμε να το αποφύγουμε αυτό αν ο Άνταμ συμφωνήσει να παραδοθεί. Επιπλέον, λόγω του Άσπεργκερ του, μπορώ να ζητήσω από τον δικαστή να διορίσει έναν δικηγόρο ad litem για να τον προστατεύσει. Τέλος, μπορώ να διασφαλίσω ότι ο Άνταμ θα πάει κατευθείαν στο δικαστήριο για την πρώτη του εμφάνιση, χωρίς να περάσει χρόνο στη φυλακή".

Ανέπνευσα με ανακούφιση... όχι φυλακή! "Πώς θα το κάνεις αυτό;"

"Νομίζω ότι ο εισαγγελέας θα συμφωνήσει ότι θα έβλαπτε την υπόθεσή του αν ο Άνταμ έπαθε νευρικό κλονισμό στη φυλακή και κατέληγε σε ψυχιατρική κλινική".

"Χαίρομαι τόσο πολύ που είσαι με το μέρος μας!" Είπα. "Τι θα συμβεί στην ακρόαση;"

"Ο δικαστής θα αποφασίσει αν υπάρχει πιθανή αιτία για τη σύλληψη. Εάν η απάντηση είναι θετική, τότε θα διορίσει τον δημόσιο συνήγορο και θα ορίσει την εγγύηση".

"Αυτή ήταν η επόμενη ερώτησή μου. Πόσο θα ήταν η εγγύηση;" Περπατούσα μπρος-πίσω ανάμεσα στην κουζίνα και το σαλόνι.

"Δύσκολο να πω. Ο ξάδελφός σας σίγουρα δεν είναι επικίνδυνος για φυγή, αλλά πρόκειται για ένα έγκλημα που αποτελεί κεφαλαιώδες έγκλημα και είναι επίσης μια καυτή πολιτική πατάτα. Θα κάνω ό,τι μπορώ, αλλά δεν μπορώ να δώσω καμία υπόσχεση".

"Καταλαβαίνω. Απλά για να ξέρεις, εγώ θα πληρώσω την εγγύηση. Τι θα γίνει μετά από αυτό;" Είχα σταματήσει να βηματίζω. Τώρα μασούσα τα νύχια μου.

"Η ακρόαση για την απαγγελία κατηγορίας πραγματοποιείται συνήθως εντός

21 ημερών από την πρώτη εμφάνιση. Κατά την ακρόαση αυτή, ο Άνταμ θα δηλώσει αθώος. Ο δικαστής μπορεί να επανεξετάσει την εγγύηση εκείνη τη στιγμή. Στη συνέχεια, ο εισαγγελέας εξετάζει την υπόθεση και αποφασίζει αν υπάρχουν αρκετά στοιχεία για να προχωρήσει η διαδικασία. Εάν βρει αρκετά αποδεικτικά στοιχεία, τότε θα απαγγελθούν επίσημα κατηγορίες στον Άνταμ. Αυτό πρέπει να συμβεί εντός 175 ημερών από τη σύλληψη". Την άκουγα να μιλάει με κάποιον στο βάθος.

"Σας ευχαριστώ πολύ. Δεν θέλω να σας απασχολήσω άλλο από το χρόνο σας, αλλά σας παρακαλώ πείτε μου τι μπορώ να κάνω για να βοηθήσω... Θα κάνω τα πάντα. Θα σας φτιάξω ακόμα και καφέ και θα σας ξύσω τα μολύβια".

Η Σούζαν γέλασε. "Τι σπουδαία προσφορά! Δεν είναι απαραίτητο όμως. Υπάρχει κάτι σημαντικό που μπορείτε να κάνετε, αν είναι μέσα στις δυνατότητές σας. Έχουμε σφιχτό προϋπολογισμό εδώ πέρα. Αν μπορούσατε να προσλάβετε έναν ιδιωτικό ντετέκτιβ για να ψάξει για πληροφορίες, ίσως να έκανε τη διαφορά. Θα χρειαστείς κάποιον πρόθυμο να επεκτείνει τους κανόνες, αλλά αυτό δεν το άκουσες από εμένα".

"Φυσικά και θα το κάνω! Τι είδους πληροφορίες χρειάζεστε;"

"Τι θα λέγατε να σας στείλω μια λίστα με e-mail αργότερα σήμερα;" είπε.

"Τέλεια! Δεν μπορώ να σας ευχαριστήσω αρκετά." Είπα, αρχίζοντας να δακρύζω.

"Τόση εκτίμηση και δεν έχω κάνει τίποτα

ακόμα", είπε γελώντας. "Θα τα πούμε σύντομα, Τζέιμι".

Το χαμόγελο έφυγε από το πρόσωπό μου μόλις έκλεισα το τηλέφωνο. Πού θα έβρισκα έναν βρώμικο ιδιωτικό ντετέκτιβ;

ΚΕΦΑΛΑΙΟ 7

Πιστή στο λόγο της, η Σούζαν Ντόιλ μου έστειλε τη λίστα με e-mail λίγες ώρες αργότερα. Ήταν τρεις σελίδες με ερωτήσεις που φαινόταν αδύνατο να απαντηθούν. Ένιωσα τόσο πανικόβλητη όσο όταν ήμουν στη Νομική και ονειρευόμουν ότι είχα ένα διαγώνισμα για το οποίο δεν είχα διαβάσει, σε μια τάξη στην οποία δεν είχα πάει ποτέ.

Μελετώντας τη λίστα, αναρωτήθηκα πώς κάποιος, ακόμα και ένας άθλιος ιδιωτικός ντετέκτιβ, θα μπορούσε να ανακαλύψει κάποια από αυτά τα γεγονότα, όπως αν ο Σπάικ είχε εχθρούς ή αν είχε διαπληκτιστεί την εβδομάδα της δολοφονίας του. Πήρα μια βαθιά ανάσα και την κοίταξα ξανά. Υπήρχαν πράγματι μερικές ερωτήσεις που θα μπορούσα να απαντήσω μόνος μου, χρησιμοποιώντας δημόσια αρχεία. Πριν ασχοληθώ με αυτό το διαδικτυακό κυνήγι θησαυρού, θα έφτιαχνα λίγο καφέ για να εξασφαλίσω τη μέγιστη δυνατή εγρήγορση. Αφού ούτως ή άλλως κοιμόμουν ελάχιστα, ένα φλιτζάνι ακόμα δεν θα είχε σημασία.

Αφού μάζεψα τους λογαριασμούς και τα χαρτιά της περιουσίας της μητέρας μου από το γραφείο, κάθισα στον υπολογιστή μου και ανέβασα την ιστοσελίδα για το Florida Secretary of State Corporations. Αποφάσισα να ξεκινήσω από εκεί. Στην ενότητα "εταιρικές οντότητες", πληκτρολόγησα το "The Screaming Zombie", που ήταν το όνομα του μουσικού καταστήματος. Αν και είχα δει το κατάστημα στην οδό Χάρισον πολλές φορές, πάντα υπέθετα ότι ήταν μπαρ. Όταν δεν εμφανίστηκε τίποτα, πληκτρολόγησα το όνομα "Σπάικ" στο πεδίο "εταιρικά στελέχη" και βρήκα αποτέλεσμα: "Σπάικ Enterprises, Inc. d/b/a/ The Screaming Zombie". Ο Σπάικ ήταν καταχωρημένος ως διευθυντής. Ο μόνος άλλος υπάλληλος ήταν ο ταμίας, Μαριάν Γουλίνσκι. *Πρέπει να βρω την Μαριάν Γουλίνσκι* έγραψα σε ένα μπλοκ.

Αποφάσισα να ανοίξω την ιστοσελίδα του μουσικού καταστήματος και πληκτρολόγησα: *The Screaming Zombie*. Προς έκπληξή μου, είχα δεκάδες επιτυχίες. Ποιος ήξερε ότι *το The Screaming Zombies* ήταν το όνομα ενός heavy metal συγκροτήματος; Προφανώς, όλοι στον κόσμο το ήξεραν, εκτός από εμένα. Βρήκα διαδικτυακά fan clubs και chat boards, καθώς και βίντεο στο YouTube και τραγούδια για κατέβασμα. Βρήκα ακόμη και έναν πίνακα με την κατάταξη των καλύτερων ντράμερ όλων των εποχών, και ο Σπάικ ήταν ένας από αυτούς. Τουλάχιστον τώρα καταλάβαινα το όνομα του καταστήματος. Παρόλο που *οι*

Screaming Zombies διαλύθηκαν το 2001, εξακολουθούσαν να έχουν πολλούς αφοσιωμένους οπαδούς, όλοι τους βαριά τατουάζ και piercing. Παρακολούθησα ένα βίντεο με την εμφάνιση των Zombies στο You Tube και στη συνέχεια είδα μια συνέντευξη με τον Σπάικ, η οποία με τρόμαξε λίγο. Αν και ποτέ δεν μιλάω άσχημα για τους νεκρούς (τουλάχιστον ποτέ πριν), θα κάνω μια εξαίρεση για τον Σπάικ. Αφού παρακολούθησα τη συνέντευξή του, μπόρεσα να βγάλω ορισμένα συμπεράσματα: 1) ήταν μαστουρωμένος, 2) ήταν εγωμανής, 3) ήταν θρύλος στο μυαλό του και 4) ήταν κακός και μοχθηρός. Είπε όμως ένα ενδιαφέρον πράγμα: κάθε φορά που έπινε, έφερνε στο σπίτι του έναν καινούργιο γερμανικό ποιμενικό. Από την εμφάνισή του, πρέπει να είχε μεγάλη συλλογή...

Στη συνέχεια, η πραγματική ιστοσελίδα του μουσικού καταστήματος, όπου βρήκα πολλές πληροφορίες. Είδα ότι πωλούσαν μια μεγάλη ποικιλία οργάνων και παρείχαν μαθήματα για ακόμη περισσότερα. Το μόνο όργανο που δεν είδα να αναφέρεται σε καμία από τις δύο κατηγορίες ήταν το ντιτζεριντού. Έκανα μια σημείωση στο μπλοκάκι μου. *Ποιανού ήταν το ντιτζεριντού;* Στη συνέχεια, έκανα κλικ στον σύνδεσμο "Γνωρίστε τους εκπαιδευτές μας" και πέτυχα το τζάκποτ. Και οι τέσσερις εκπαιδευτές ήταν καταχωρημένοι (συμπεριλαμβανομένου του Σπάικ), με τα όργανα που δίδασκαν και τις φωτογραφίες τους. Εκτύπωσα τη σελίδα και έκανα μια σημείωση για να ψάξω στο Google κάθε εκπαιδευτή αργότερα. Προχώρησα στην ενότητα "Σχετικά με εμάς", η οποία θα έπρεπε να ονομάζεται "Σχετικά με τον Σπάικ", επειδή και οι πέντε σελίδες τον τιμούσαν. Διαβάζοντας το, θα πίστευε κανείς ότι ο Σπάικ ήταν ο καλύτερος ντράμερ που γεννήθηκε ποτέ- ότι ήταν ο πρωταγωνιστής των "The Screaming Zombies" και ότι η πόλη του Χόλιγουντ θα έπρεπε να είναι ευγνώμων που επέλεξε να ζήσει εκεί.

Πρέπει να αποκοιμήθηκα για ένα λεπτό με το κεφάλι μου στο γραφείο, γιατί το επόμενο πράγμα που θυμάμαι είναι ότι το κινητό μου τηλέφωνο χτυπούσε δίπλα στο αυτί μου. Ο ήχος κλήσης μου είναι το κοντσέρτο για βιολί του Βιβάλντι, *Άνοιξη*, και ονειρευόμουν ότι ήμουν στη συμφωνική με τη μαμά μου. Ξύπνησα και έπιασα το τηλέφωνο.

"Εμπρός;"

"Τζέιμι, κοιμόσουν; Λυπάμαι πολύ".

"Δεν πειράζει, θεία Πεγκ..." Ήμουν ακόμα αποπροσανατολισμένη. Ήταν ένα τόσο όμορφο όνειρο...

"Λυπάμαι που σας ενοχλώ, αλλά..."

Σηκώθηκα και ξαφνικά ξύπνησα. "Τι συμβαίνει;

"Ο Άνταμ δεν είναι καλά, βλέπει εφιάλτες και τρώει ελάχιστα. Αρνείται να κάνει τα μαθήματά του, ούτε καν να παίξει μουσική. Ο ψυχολόγος του τον άρχισε να παίρνει αγχολυτικά φάρμακα, αλλά αυτά δεν πιάνουν. Πιστεύει ότι πρέπει να δοκιμάσουμε την υπνοθεραπεία για να βοηθήσουμε τον Άνταμ να ξεπεράσει την τραυματική του εμπειρία". Η θεία μου ακουγόταν εξαντλημένη και ανήσυχη.

"Μπορείτε να δώσετε στον θεραπευτή την άδεια να μου μιλήσει;" Είχα την αρχή μιας ιδέας.

"Φυσικά και θα το κάνω", είπε, "αλλά Τζέιμι, είχα έναν άλλο λόγο που τηλεφώνησα. Μιλούσαν για το φόνο στις ειδήσεις των 11:00. Είπαν ότι ο Σπάικ δολοφονήθηκε με ένα ντιτζεριντού...".

"Το άκουσα κι εγώ αυτό".

"Τζέιμι, δεν ξέρω πόσο ακόμα μπορώ να αντέξω!" Η θεία Πεγκ έκλαιγε στο τηλέφωνο.

"Δεν καταλαβαίνω", είπα.

"Το ντιτζεριντού - έδειξαν μια φωτογραφία του. Ήταν του Άνταμ."

ΚΕΦΆΛΑΙΟ 8

Τα πράγματα γίνονταν όλο και χειρότερα και το μόνο που ήθελα ήταν να επιστρέψω στη φανταστική μου συμφωνία. Ήταν τόσο μεγάλο το αίτημα;

Τώρα, ξέρω ότι έπρεπε να είχα πει στη θεία μου τι συνέβαινε όταν είχα την ευκαιρία, αλλά δεν μπορούσα να το κάνω. Μπορεί να με κρίνεις γι' αυτό, αλλά δεν ήσουν εκεί. Όταν η Μάργκαρετ Μίλερ λέει ότι δεν αντέχει άλλο, το εννοεί, και δεν ήθελα να είμαι εγώ αυτός που θα την ωθούσε στα άκρα. Παρόλα αυτά, έπρεπε να μάθω πώς βρέθηκε το ντιτζεριντού στο γραφείο του Σπάικ, οπότε άρχισα να ρωτάω τη θεία Πεγκ γι' αυτό. Η εξήγησή της μου φάνηκε λογική: Ο Άνταμ μάθαινε μόνος του να παίζει και ήθελε να κάνει επίδειξη στον Σπάικ, οπότε έφερε το ντιτζεριντού στο μάθημά του την προηγούμενη εβδομάδα. Δυστυχώς, ήξερα ότι η νέμεσή μου, ο Νικ, ο εισαγγελέας, δεν θα το έβλεπε καθόλου έτσι. Γι' αυτόν, θα ήταν απόδειξη ότι ο Άνταμ είχε σχεδιάσει την επίθεση. Πέρασα λίγα λεπτά ακόμα παρηγορώντας τη θεία μου και μετά έκλεισα το τηλεφώνημα, υποσχόμενη να κρατήσω επαφή.

Παρόλο που ήταν περασμένα μεσάνυχτα και επίσημα Τρίτη, ήμουν πολύ κουρασμένη για να προσπαθήσω να κοιμηθώ, οπότε επέστρεψα στο κυνήγι θησαυρού. Πρώτα, έψαξα στο google τους καθηγητές μουσικής. Υπήρχε ένα παντρεμένο ζευγάρι, ο Στηβ και η Ρόζα Μάικλς. Ο Στιβ δίδασκε τρομπέτα και σαξόφωνο, ενώ η Ρόζα φλάουτο και πίκολο. Η έρευνά μου αποκάλυψε ότι ήταν ερωτευμένοι στο λύκειο του Hollywood Hills High, όπου έπαιζαν μαζί στην μπάντα. Πόσο χαριτωμένο!

Η μόνη άλλη δασκάλα, εκτός από τον Σπάικ, ήταν η Olga Gonzalez, η οποία δίδασκε πιάνο και κιθάρα. Τίποτα δεν προέκυψε γι' αυτήν. Ενώ το έκανα, σκέφτηκα να ψάξω για τη Μαριάν Γουλίνσκι, την ταμία της εταιρείας του Σπάικ. Βρήκα ότι διαχειριζόταν μια ιστοσελίδα θαυμαστών αφιερωμένη στον Σπάικ, σε όλη του την απίστευτη ομορφιά. Υπήρχαν φωτογραφίες της Marian και του Σπάικ μαζί σε όλη την ιστοσελίδα. Η Marian έμοιαζε με γκόμενα μηχανόβιου, δερμάτινο γιλέκο, στενό τζιν, μαύρες μπότες και πολλά τατουάζ. Σχεδόν σε κάθε φωτογραφία, κοιτούσε τον Σπάικ με λατρεία. Αναρωτιέμαι πόσα έπρεπε να την πληρώσει για να το κάνει αυτό!

Ακολουθεί ο δικτυακός τόπος του Broward Clerk's για την αναζήτηση ποινικών και αστικών δικαστικών αρχείων. Όπως ήταν αναμενόμενο, ο Σπάικ είχε πάνω από δώδεκα κλήσεις για υπερβολική ταχύτητα και άλλες παραβάσεις που σχετίζονται με την κυκλοφορία, καθώς και κατηγορίες για κατοχή ναρκωτικών από πολύ παλιά. Τα αστικά αρχεία έλεγαν μια άλλη ιστορία: Ο Σπάικ και η Επιχιρήσεις Σπάικ . (*d/b/a The Screaming Zombie*), μηνύθηκαν από κανέναν άλλον εκτός από τους Snake, Slasher και Slime, γνωστούς και ως Ντάριλ, Marcus και Ricardo, γνωστούς και ως τα υπόλοιπα Zombies! Η αγωγή αφορούσε τη χρήση του ονόματος του συγκροτήματος από τον Σπάικ για το κατάστημά του. Οι ενάγοντες κατηγορούσαν τον Σπάικ και τις Επιχειρήσεις Σπάικ για αδικαιολόγητο πλουτισμό, παραβίαση εμπορικού σήματος κ.λπ. Αυτό σίγουρα μου φάνηκε σαν κακό αίμα, αλλά ήταν κίνητρο για φόνο; Έκανα κι άλλες σημειώσεις στο νομικό μου μπλοκ.

Καθώς ήμουν στην ιστοσελίδα του δικαστηρίου, έψαξα το όνομα του Σπάικ στη διαδικασία διαθήκης και διαπίστωσα ότι κάποιος είχε ήδη ανοίξει μια κληρονομιά γι' αυτόν. Μόνο ο προσωπικός αντιπρόσωπος μπορεί να ανοίξει την κληρονομιά, οπότε έκανα κύλιση προς τα κάτω για να δω ποιος ήταν αυτός. Τυμπανοκρουσίες, παρακαλώ....ήταν... η Μαριάν Γουλίνσκι! Σίγουρα έπρεπε να έχω μια κουβέντα με αυτή την κυρία. Είχα επίσης προγραμματίσει να επισκεφτώ το δικαστήριο για να διαβάσω τη διαθήκη του Σπάικ. Δεδομένου ότι οι δικαιούχοι του Σπάικ θα επωφελούνταν από το θάνατό του, ήθελα να μάθω ποιοι ήταν. Το νομικό μου μπλοκ είχε αρχίσει να γεμίζει.

Τέλος, έκανα ποινικούς ελέγχους σε όλο το προσωπικό. Η Μάριαν είχε κάποιες παλιές κατηγορίες για κατοχή, καθώς και μια κατηγορία για διατάραξη της κοινής ησυχίας, κάτι που δεν ήταν καθόλου σοκαριστικό. Αυτή και ο Σπάικ πρέπει να διασκέδαζαν πολύ εκείνο το βράδυ.

Η Όλγα Γκονζάλεζ, η καθηγήτρια πιάνου, δεν είχε ποινικό μητρώο, αλλά οι αγαπημένοι του λυκείου ήταν μια άλλη ιστορία. Αποδείχθηκε ότι η Ρόζα Μάικλς είχε καταθέσει περιοριστικά μέτρα ενδοοικογενειακής βίας εναντίον του Στηβ σε τρεις διαφορετικές περιπτώσεις, αλλά στη συνέχεια τα απέρριψε. Η πιο πρόσφατη είχε ληφθεί μόλις δύο εβδομάδες πριν από τον θάνατο του Σπάικ, ενώ ταυτόχρονα είχε καταθέσει αίτηση διαζυγίου. Θα μπορούσε να μην είναι τίποτα, θα μπορούσε να είναι κάτι, αλλά ο Στιβ ακούστηκε σαν άνθρωπος που χρειαζόταν ένα ή δύο μαθήματα διαχείρισης θυμού...

Είχα βαρεθεί, ο εγκέφαλός μου είχε καεί. Για να αναφέρω τη Miss Scarlett, αύριο είναι μια άλλη μέρα. Έπεσα στο κρεβάτι, αναζητώντας τον Βιβάλντι.

ΚΕΦΑΛΑΙΟ 9

Ξύπνησα πάρα πολύ νωρίς, επειδή η γάτα, και τα δώδεκα κιλά της, πήδηξε στο κεφάλι μου, ουρλιάζοντας και απαιτώντας να την ταΐσω. Πάντα απαιτούσε κάτι. Δεν ανέφερα ότι έχω γάτα πριν, επειδή είμαι σε άρνηση. Ο κύριος Πατούσες ήταν ο γάτος της μητέρας μου και της υποσχέθηκα ότι θα τον φρόντιζα, παρόλο που απεχθανόμασταν ο ένας τον άλλον. Δηλαδή, ο κύριος Πατούσες και εγώ απεχθανόμασταν ο ένας τον άλλον, όχι η μητέρα μου και εγώ, για να το ξεκαθαρίσουμε. Φυσικά, δεν τα πάμε καλύτερα τώρα που είμαστε μόνο οι δυο μας. Πήρα το θάρρος να αλλάξω το όνομά του από Mr Paws σε Mr Pain in the Ass, αλλά ούτως ή άλλως δεν απαντάει ποτέ σε τίποτα, εκτός από τον ήχο του φαγητού που ρίχνεται στο μπολ του.

Αφού τάισα τη βασιλική του μεγαλειότητα, έκανα ένα γρήγορο ντους και ντύθηκα. Έριξα τον καφέ μου σε ένα ποτήρι για το σπίτι και άρπαξα μια μπάρα δημητριακών πριν βγω έξω από την πόρτα. Όπως μπορείτε να καταλάβετε, δεν τρώω πολύ πρωινό. Πριν βάλω μπροστά το παλιό Mini Cooper, έστειλα μήνυμα στην Γκρέις.

"Καλημέρα, ηλιαχτίδα! Θα είμαι στο κεντρικό δικαστήριο αργότερα, είσαι ελεύθερη για μεσημεριανό;"

"Μακάρι! Τι θα έλεγες να σε συναντήσω εκεί για μια γρήγορη επίσκεψη;"

"Υπέροχα! Έχω πολλά να σου πω. Τι ώρα;" Έστειλα μήνυμα πίσω.

"10:00? Καφετέρια;"

"Τέλεια, τα λέμε εκεί. Εγώ θα είμαι αυτή με το μαύρο σύννεφο πάνω από το κεφάλι της".

"Νομίζω ότι θα σε αναγνωρίσω..."

Η ουρά για την είσοδο στο δικαστήριο ήταν φιδίσια και μεγάλη, όπως τα περισσότερα πρωινά. Αυτό οφείλεται στο γεγονός ότι όλοι οι δικαστές προγραμματίζουν το ημερολόγιό τους για τις προτάσεις στις 8:45 π.μ. Αυτές οι ακροάσεις που δεν αφορούν την εκδίκαση των υποθέσεων υποτίθεται ότι διαρκούν μόνο πέντε λεπτά, αλλά ποτέ δεν διαρκούν, με αποτέλεσμα πλήθος κόσμου να ξεχειλίζει στους διαδρόμους. Αυτό με κάνει να αισθάνομαι κλειστοφοβική και νευρική. Ήξερα ότι έπρεπε να είναι Τρίτη γιατί τότε είναι που ο γενειοφόρος ιεροκήρυκας με τα συρμάτινα γυαλιά μας τιμά με την παρουσία του. Ήταν εκεί, στεκόταν στο κιβώτιό του δίπλα στις πόρτες του δικαστηρίου και φώναζε συμβουλές που πήρε κατευθείαν από τον Ιησού. Βαθύς αναστεναγμός. Δεν είχα καμία διάθεση να ακούσω προσηλυτισμό...

Δεν είχα κανένα πρόβλημα να ελέγξω τον

φάκελο του Σπάικ από τον υπάλληλο. Αυτό που ήλπιζα να μάθω από τη διαθήκη ήταν ένα στοιχείο που θα έδειχνε ότι ο δολοφόνος ήταν κάποιος άλλος εκτός από τον Άνταμ. Αλλά αυτό δεν συνέβη...

~

"Πλάκα μου κάνεις! Δεν μπορώ να το πιστέψω. Πες μου πάλι τι έλεγε η διαθήκη", η Γκρέις βούτυρωνε τα πάντα στο κουλούρι της. Ήμασταν στην καφετέρια του δικαστηρίου και την ενημέρωνα.

"Με άκουσες. Ο Σπάικ άφησε ολόκληρη την περιουσία του σε μια οργάνωση διάσωσης γερμανικών ποιμενικών. Το μόνο άλλο κληροδότημα ήταν ότι άφησε τον σκύλο του, τον Beast, στη Μαριάν Γουλίνσκι, με 10.000,00 δολάρια για τη φροντίδα του". Κούνησα το κεφάλι μου, έκπληκτος από τη γενναιοδωρία του Σπάικ. Ίσως δεν ήταν τόσο μεγάλος κόπανος όσο νόμιζα.

"Σκέψου το!" είπε η Γκρέις. "Λοιπόν, αυτά είναι πολύ ενδιαφέροντα πράγματα που βρήκες, αυτή η αγωγή που κατέθεσαν τα Ζόμπι και ο καθηγητής μουσικής με το πρόβλημα ενδοοικογενειακής βίας. Ποιο είναι το επόμενο βήμα σου;"

"Έχω ένα εκατομμύριο ερωτήσεις για τον Μαριάν Γουλίνσκι, οπότε αυτή η συνάντηση πρέπει να γίνει. Επίσης, πρέπει να βρω έναν ιδιωτικό ντετέκτιβ που κινείται στη σκοτεινή πλευρά, σύμφωνα με τη νέα καλύτερη φίλη μου, τη Σούζαν Ντόιλ, και δεν έχω ιδέα πώς να τον βρω...".

"Τζέιμι! Νόμιζα ότι ήμουν ο καλύτερός σου φίλος. Θα το αφήσω να περάσει έτσι. Θυμάσαι το αγαπημένο μου ρητό από το Ζεν; Έχεις ήδη όλα όσα χρειάζεσαι". Τότε με κοίταξε με προσδοκία.

"Τι λες; Ότι ξέρω έναν βρώμικο ιδιωτικό ντετέκτιβ;" Ίσως ήμουν πολύ κουρασμένος για να καταλάβω... τότε μου ήρθε σαν αστραπή. "Ντιουκ; Θέλεις να καλέσω τον Ντιουκ Μπρουσάρντ; Αποκλείεται! Είναι ένα κάθαρμα."

"Ακριβώς!" Η Γκρέις γέλασε. "Και σου χρωστάει πολλά. Του έσωσες το τομάρι όταν χειρίστηκες το διαζύγιό του. Σωστά;"

"Ω, Θεέ μου! Η σύζυγός του ήταν τόσο έξαλλη όταν τον έπιασε να την απατά - τον κατήγγειλε στην εφορία, στο Better Business Bureau, στο συμβούλιο αδειοδότησης PI, στις εφημερίδες και στη λίστα Angie's List. Τον κατέστρεψε επίσης σε όλο το Facebook και το Twitter. Μιλάμε για μια γυναίκα που περιφρονήθηκε!" Γέλασα.

"Δεν αγόρασε επίσης μια διαφημιστική πινακίδα στον I-95;" Η Γκρέις κοίταξε το ρολόι της και άρχισε να τακτοποιεί το τραπέζι.

"Ναι, το έκανε! Το είχα ξεχάσει αυτό. Δεν είναι και η χαζοβιόλα που νόμιζε ότι ήταν, ε; Μην ανησυχείς, Γκρέις, θα καθαρίσω. Εσύ πήγαινε πίσω στη δουλειά σου", είπα.

Μου έδωσε ένα φιλί στο μάγουλο και γύρισε να φύγει. "Τηλεφώνησέ του, Τζέιμι. Ξέρεις ότι έχω δίκιο".

"Ναι, συνήθως είσαι." Είπα.

ΚΕΦΑΛΑΙΟ 10

Όταν γύρισα σπίτι, στον τηλεφωνητή μου αναβόσβηναν δύο μηνύματα. Πότε έγινα τόσο δημοφιλής; Τα άκουσα καθώς ταξινόμησα την αλληλογραφία. Το πρώτο ήταν η θεία Πεγκ που μου άφησε το όνομα και τον αριθμό του ψυχολόγου του Άνταμ, του Δρ Σάιμον. Η άλλη ήταν η Σούζαν Ντόιλ που ρωτούσε αν ο Άνταμ θα μπορούσε να περάσει από ανιχνευτή ψεύδους στο μέλλον. Τι τέλειος συγχρονισμός, τι συγχρονισμός! Ο Δρ Σάιμον ήταν το μόνο άτομο που μπορούσε να απαντήσει στην ερώτηση της Σούζαν. Για να μην αναφέρω ότι είχα κι εγώ κάποιες δικές μου ερωτήσεις για τον καλό γιατρό. Τουλάχιστον ήλπιζα ότι ήταν καλός γιατρός...

Χρειαζόμουν κάτι να πάει καλά, ειδικά από τη στιγμή που η διαθήκη του Σπάικ ήταν τόσο *αδιέξοδη* (Τζέιμι, δεν είναι ώρα για κακά αστεία!) Ο χρόνος *δεν ήταν με το μέρος μου* και οι Rolling Stones δεν μπορούσαν να με πείσουν για το αντίθετο. Όσο περισσότερο το σκεφτόμουν, τόσο πιο σίγουρη ήμουν ότι ο φόνος του Σπάικ ήταν έγκλημα πάθους ή ευκαιρίας. Κανείς δεν σχεδιάζει να σκοτώσει με ένα ντιτζεριντού, για όνομα του Θεού, ειδικά ένα που δεν υπήρχε μια εβδομάδα νωρίτερα. Έπρεπε να είναι ένα άτομο με πρόσβαση στο μαγαζί ή κάποιος που γνώριζε ο Σπάικ, πράγμα που περιόριζε τις πιθανότητες στα εξής:

1) Μια διάρρηξη που πήγε στραβά, Ή

2) Ένα από τα ζόμπι, Ή

3) Ένας δάσκαλος, Ή

4) Μαθητής (γονέας μαθητή;) Ή

5) Κάποιος που μισούσε τον Σπάικ για έναν λόγο που δεν έχει ακόμη καθοριστεί.

Υποθέτω ότι γι' αυτό η Σούζαν Ντόιλ μου είχε στείλει τρεις σελίδες με ερωτήσεις. Απάντησε σε όλες αυτές και θα βρεις τον δολοφόνο σου. Αν και η Μαριάν Γουλίνσκι θα είχε κάποιες από τις απαντήσεις, αν ήθελα να αντιμετωπίσω τις δύσκολες ερωτήσεις, θα έπρεπε να καλέσω αυτόν, τον πρόεδρο του δικού του fan club, τον ΝτιουκΝτιουκ Μπρουσάρντ.

ΚΕΦΆΛΑΙΟ 11

"Γεια σου, Ντιουκ; Εδώ..."

"Γεια σου αγάπη μου, γιατί άργησες τόσο πολύ να τηλεφωνήσεις;" Ο Ντιουκ ήταν ήρεμος. Έτσι είχε παντρευτεί τρεις φορές.

"Ξέρεις ποιος είναι αυτός;" Ρώτησα, γελώντας.

"Φυσικά και θέλω, αγάπη μου. Τζέημσον τυχαίνει να είναι το όνομα του αγαπημένου μου ουίσκι και του αγαπημένου μου δικηγόρου. Μου αρέσει να το κρατάω απλό. Εξάλλου, σε έχω στην ταχεία κλήση. Ποτέ δεν ξέρεις πότε θα χρειαστείς τον δικηγόρο σου. Δεν μπορώ να κυνηγάω τον αριθμό σου όταν θα είμαι στη φυλακή, τελείως μεθυσμένος, έτσι δεν είναι;".

"Ωραίος προγραμματισμός, Ντιουκ", *Φίλε, ήλπιζα να μην μου τηλεφωνούσαν ποτέ.* "Πώς είσαι;"

"Η ζωή είναι υπέροχη! Ο μόνος τρόπος για να την απολαμβάνω περισσότερο είναι να ήμουν δύο". Ο Ντιουκ θα μπορούσε να είναι το αγόρι της αφίσας για εκείνα τα μπλουζάκια "Η ζωή είναι ωραία", μόνο που το ξυλάκι του θα είχε μια μπύρα στο χέρι και ένα κορίτσι σε κάθε πλευρά. Στην πραγματικότητα, πιθανότατα θα βρισκόταν σε ένα μπαρ αυτή τη στιγμή.

"Υπέροχα! Το ήξερα ότι θα συνέλθεις από το διαζύγιό σου". *Σε παρακαλώ, ας θυμηθεί την προσφορά που μου έκανε. Μισώ να ζητάω χάρες.*

Γέλασε. "Πρέπει να ευχαριστήσω την Κάντι που έβαλε το πρόσωπό μου σε εκείνη την πινακίδα -έχω πολλές δουλειές από αυτό. Και άρεσε και στις γυναίκες!"

Γύρισα τα μάτια μου. Ευτυχώς που δεν μπορούσε να με δει.

"Λοιπόν, τηλεφωνείς για να δεχτείς την προσφορά μου;" ρώτησε.

Ναι! Πήδηξα από τον καναπέ μου και χόρεψα λίγο. "Για την ακρίβεια, είμαι", είπα, προσπαθώντας να κρατήσω τον ενθουσιασμό μακριά από τη φωνή μου.

"Μου ακούγεται καλό, αγάπη μου. Γιατί δεν με συναντάς στο *Big Easy* στη Χάρισον; Έχουν μπλουζ μουσική από τις οκτώ".

Φυσικά ο Ντιουκς διεξάγει τις επιχειρήσεις του από ένα μπαρ! Πιθανότατα του μοιράζουν και επαγγελματικές κάρτες.

"Εντάξει", είπα. "Τα λέμε εκεί. Και ευχαριστώ, Ντιουκ".

"Παρακαλώ. Ξέρεις, τα περισσότερα από τα ραντεβού μου δεν με ευχαριστούν μέχρι το τέλος, αν με πιάνεις". Μπορούσα σχεδόν να τον δω να κοιτάζει με καμάρι μέσα από το τηλέφωνο.

"Τι; Αυτό δεν είναι ραντεβού..."

Αλλά είχε ήδη κλείσει το τηλέφωνο.

ΚΕΦΆΛΑΙΟ 12

Ντύθηκα με προσοχή για το "ραντεβού" μου με τον Ντιουκ, επιλέγοντας το κάσουαλ ντύσιμο , σαν να συμμετείχα σε μια εκδήλωση στο Broward Bar, αντί για ένα πραγματικό μπαρ. Και ξέχνα το κραγιόν - το να φοράω κραγιόν κοντά στον Ντιουκ ήταν σαν να κουνάω κόκκινη σημαία σε ταύρο. Απλά ζητούσες προβλήματα.

Έφτασα πριν από τις οκτώ και στάθμευσα κοντά. Ήμουν σίγουρα υπερβολικά ντυμένος για τον αποπνικτικό καλοκαιρινό καιρό, αλλά δεν μπορούσα να κάνω αλλιώς. Καθώς διέσχισα το δρόμο, είδα τον Ντιουκ να κάθεται έξω στο μπαρ και να πίνει μια μπύρα. Ποιος ήξερε, ίσως ζούσε εκεί; Έδειχνε ίδιος όπως πάντα: αμμώδη καστανά μαλλιά κομμένα μέχρι τον ώμο, τζιν σχεδιαστών και ένα λευκό πουκάμισο Tommy Bahama ξεκούμπωτο για να αναδεικνύει το κολιέ με τα δόντια του καρχαρία. Και φυσικά, μαυρισμένος, πάντα ήταν μαυρισμένος. Αναρωτήθηκα αν φορούσε τις αγαπημένες του μπότες αλιγάτορα. Ακόμα δεν πιστεύω ότι σκότωσε εκείνον τον αλιγάτορα....Από όσο μπορούσα να καταλάβω, δεν είχε αλλάξει καθόλου από τότε που τον είδα πριν από ένα χρόνο. Αναρωτιόμουν αν είχα αλλάξει εγώ.

Καθώς περπατούσα προς το μπαρ, ο Ντιουκ με είδε και άρχισε να χαμογελάει.

"Κοίτα να δεις τη δεσποινίδα Τζέιμι, ντυμένη δικηγόρος! Μήπως έχω κάποια δικαστική ακρόαση για την οποία δεν ξέρω;"

"Όχι ακόμα", είπα χαμογελώντας, "αλλά η νύχτα είναι νωρίς. Οτιδήποτε μπορεί να συμβεί".

"Αυτή δεν είναι η αλήθεια; Γιατί δεν κάθεστε να σας φέρω ένα κοκτέιλ;". Χτύπησε το σκαμπό του μπαρ δίπλα του. Και λένε ότι ο ιπποτισμός έχει πεθάνει.

"Θα πάρω ένα Pinot Grigio", είπα στον μπάρμαν, πριν στρέψω την προσοχή μου στον Ντιουκ. "Πώς πάει η δουλειά, σε κρατάει απασχολημένο;"

Καθάρισε την μπύρα του και παρήγγειλε άλλη μία. "Έλα, Τζέιμι", είπε, κοιτάζοντάς με στα μάτια. "Δεν μου τηλεφώνησες ξαφνικά για να με ρωτήσεις πώς πάει η δουλειά, έτσι; Τι συμβαίνει, έχεις πρόβλημα;"

Ακριβώς τότε, η μπάντα άρχισε να παίζει μέσα στο εστιατόριο και σταμάτησα να την ακούσω. Έπαιζαν ένα τραγούδι του Muddy Waters και ήταν πολύ καλοί. Πραγματικά έπρεπε να βγαίνω έξω περισσότερο...

Ήπια το κρασί μου. "Είμαι τόσο διαφανής;"

"Όχι, κορίτσι μου, είμαι απλά ένας πολύ καλός ιδιωτικός ντετέκτιβ!" Μου έκλεισε το μάτι και μετά γέλασε με το αστείο του. Μπορείς να πεις ότι για τον Ντιουκ, διασκέδαζε εύκολα.

"Εντάξει, αλλά πριν σας πω τη μεγάλη μου ιστορία που περιλαμβάνει μια heavy metal μπάντα, μια δολοφονία και έναν εισαγγελέα με πολιτικές φιλοδοξίες, πρέπει να ξεκαθαρίσω ένα πράγμα..."

Τα πράσινα μάτια του Ντιουκ με παρακολουθούσαν στενά, του άρεσε μια καλή ιστορία. "Τι είναι αυτό, αγάπη μου;"

"Αυτό δεν είναι ραντεβού".

ΚΕΦΑΛΑΙΟ 13

"'Τότε υποθέτω ότι δεν θα σας πειράξει αν κοιτάξω τις υπέροχες κυρίες;" είπε ο Ντιουκ, κατσουφιάζοντας .

Φύσηξα. "Λες και δεν θα το έκανες έτσι κι αλλιώς".

Όταν ο μπάρμαν έδειξε το άδειο ποτήρι μου, έγνεψα. Σκέφτηκα ότι τι στο διάολο - αυτή ήταν η μεγαλύτερη βραδιά μου εδώ και μήνες, ακόμα κι αν την περνούσα με τον ΝτιουκΝτιουκ Μπρουσάρντ.

"Από περιέργεια", είπα, "στο τηλέφωνο νωρίτερα, ποια προσφορά νομίζατε ότι δέχομαι;".

Ο Ντιουκς με κοίταξε. "Εκείνη που είπα: "'Έι Τζέιμι, ας βγούμε έξω να το γιορτάσουμε, επιτέλους ξέφυγα από την τρελή γυναίκα μου". Τι νόμιζες ότι εννοούσα;"

"Ω, θυμήθηκα μια διαφορετική προσφορά", είπα. "Αυτή που είπες: "Τζέιμι, είσαι φοβερός! Αν ποτέ χρειαστείς τη βοήθειά μου για οτιδήποτε, απλά τηλεφώνησε"".

"Ναι, το θυμάμαι αμυδρά", είπε.

"Θα θυμόσουν περισσότερα αν δεν έβρεχες συνέχεια το μυαλό σου με ποτό", πείραξα.

"Τι πλάκα θα είχε αυτό;" Γέλασε, επιδεικνύοντας τα τέλεια δόντια του. "Λοιπόν, πού είναι η ιστορία που μου υποσχέθηκες;"

Και έτσι, με φόντο τα μπλουζ, διηγήθηκα στον Ντιουκ την ιστορία της δολοφονίας του μουσικού καταστήματος και των παράξενων χαρακτήρων του. Εξήγησα τι είχα μάθει μέχρι στιγμής και πώς, παρά την περίεργη ομολογία του Άνταμ και τα αποτυπώματά του στο ντιντζερίδου, θα στοιχημάτιζα τη ζωή μου στην αθωότητά του.

"Γαμώτο, Τζέιμι! Αυτό ακούγεται σαν ταινία για την τηλεόραση. Υπολογίστε με. Τι θέλεις να κάνω;"

Κρατούσα την αναπνοή μου περιμένοντας την αντίδραση του Ντιουκ και τελικά την άφησα να ξεφύγει σε έναν αναστεναγμό ανακούφισης. Έβγαλα τη λίστα με τις ερωτήσεις της Σούζαν Ντόιλ και αρχίσαμε να καταστρώνουμε στρατηγική. Ο Ντουκ θα έκανε ελέγχους ιστορικού για τον Σπάικ, το συγκρότημα και όλους όσοι εργάζονταν στο μουσικό κατάστημα. Αν αυτό δεν έβγαζε τίποτα, θα έλεγχε επίσης τους μαθητές και τους γονείς τους. Όταν άρχισε να μου λέει πώς θα μπορούσε να βρει αρχεία κινητών τηλεφώνων και τραπεζικών λογαριασμών, έβαλα τα δάχτυλά μου στα αυτιά μου και ψέλλισα: "Λα Λα Λα Λα".

Ο Ντιουκ μου γούρλωσε τα μάτια. "Εντάξει, το κατάλαβα, πρέπει να ξέρω μόνο τη βάση".

Είπα ότι θα συναντηθώ με τη Μαριάν Γουλίνσκι και τη θεραπεύτρια του Άνταμ. Είχαμε μόλις τελειώσει όταν έφτασε η παρέα. Μια όμορφη κοκκινομάλλα με ένα στενό φόρεμα και τακούνια στιλέτο μας πλησίασε με έξαλλο ύφος. Κοίταξε επίμονα τον Ντιουκ και μετά τον χαστούκισε δυνατά στο πρόσωπο. Δεν ξέρω γιατί ξαφνιάστηκα.

"Γουρούνι! Δεν μπορώ να πιστέψω ότι με απατάς μαζί της!"

"Μα, αγάπη μου, δεν είναι όπως φαίνεται, αυτό είναι δουλειά!" Ο Ντιουκ πετάχτηκε πάνω και συνέχισε τις εξηγήσεις του, προσπαθώντας να βρει μια ευκαιρία.

Έπρεπε να καλύψω το στόμα μου για να μην γελάσω. Έτσι γνώρισα τον Ντιούκ. Η ζωή του φαινόταν να είναι μια μεγάλη παρέλαση θυμωμένων γυναικών. Αναρωτήθηκα αν αυτή θα μπορούσε να πληρώσει μια διαφημιστική πινακίδα...

ΚΕΦΆΛΑΙΟ 14

Όταν μίλησα με τον Δρ Σάιμον το επόμενο πρωί, συμφώνησε ότι είχαμε πολλά να συζητήσουμε και πρότεινε να συναντηθούμε στο γραφείο του στο Plantation το μεσημέρι. Το Plantation είναι δυτικά του Χόλιγουντ και απέχει είκοσι λεπτά με το αυτοκίνητο, οπότε έφυγα στις 11:30, για να υπολογίσω την κίνηση. Το GPS μου έδειξε ότι το γραφείο του δεν ήταν μακριά από το Γενικό Νοσοκομείο του Plantation. Δεν είναι τυχαίο ότι οι δικηγόροι έχουν γραφεία κοντά στο δικαστήριο και οι γιατροί τα δικά τους κοντά στο νοσοκομείο- όλοι θέλουν εύκολη πρόσβαση σε περίπτωση έκτακτης ανάγκης. Διαφορετικά είδη έκτακτης ανάγκης, όμως...

Εκτός από την ερώτηση της Σούζαν Ντόιλγια τον ανιχνευτή ψεύδους, ήθελα να ρωτήσω ΣάιμονΔρ. Σάιμον αν υπήρχε ένας ασφαλής τρόπος να ανακρίνουμε τον Άνταμ. Ήθελα να μάθω γιατί είπε ότι λυπάται όταν είδε το πτώμα του Σπάικ- τι "κακό" έκανε, γιατί πίστευε ότι ήταν δικό του λάθος. Ο Άνταμ θα μπορούσε να είναι το κλειδί για την εύρεση του δολοφόνου, αν μπορούσε μόνο να επικοινωνήσει αυτά που ήξερε.

Η αίθουσα αναμονής του Δρ Σάιμον μου θύμιζε στούντιο γιόγκα: ζεστά χρώματα, μουσική new age με ήχους της φύσης και ένα καλάθι με τσάι από βότανα δίπλα στον ψύκτη νερού. Δεν υπήρχαν περιοδικά στο τραπέζι, παρά μόνο βιβλία αυτοβοήθειας για την εύρεση της ευτυχίας και της εσωτερικής γαλήνης και μερικά αστεία βιβλία με κόμικς. Ο δρ Σάιμον (ή ο διακοσμητής του) είχε κατακτήσει την έννοια του Φενγκ Σούι. Ένιωθα πραγματικά εναρμονισμένη με το περιβάλλον μου. Και για άτομα στο φάσμα του αυτισμού, όπως ο Άνταμ, που δεν μπορούν να ανεχτούν τα τρανταχτά εξωτερικά ερεθίσματα, αυτό το δωμάτιο ήταν τέλειο.

Ίσως έφταιγε το χαλαρωτικό κουκούλι της αίθουσας αναμονής, αλλά μόλις γνώρισα τον Δρ Σάιμον, ένιωσα ότι μπορούσα να τον εμπιστευτώ. Ένας καλλίγραμμος άντρας γύρω στα πενήντα, είχε ένα ελκυστικό χαμόγελο και μια ανοιχτότητα που ήταν φιλόξενη. Με τα οπισθοχωρημένα μαλλιά του και τα γυαλιά του με τον συρμάτινο σκελετό, μου θύμισε τον παλιό μου καθηγητή αποδεικτικών στοιχείων, αυτόν που μου έδωσε το μοναδικό μου "Γ" στη Νομική. Θα προσπαθούσα να μην του κρατήσω κακία γι' αυτό.

"Γεια σου, Τζέιμι, ευχαριστώ που ήρθες", είπε σφίγγοντας το χέρι μου. "Ας πάμε στο γραφείο μου για να μιλήσουμε".

Δεν θα σας κουράσω περιγράφοντας το

γραφείο- αρκεί να πω ότι ήταν τα ίδια και τα ίδια. Και οι καρέκλες ήταν πολύ άνετες. Αναρωτιόμουν αν ο διακοσμητής του θα μπορούσε να κάνει το σπίτι μου να μοιάζει έτσι...

"Τζέιμι", είπε ο Δρ Σάιμον, με το έντονο βλέμμα του να μην φεύγει ποτέ από το πρόσωπό μου, "ανησυχώ πολύ για τον Άνταμ, πιστεύω ότι βρίσκεται σε κρίση. Συγκεκριμένα, βιώνει γνωστική ασυμφωνία που προκαλείται από διαταραχή μετατραυματικού στρες, ή PTSD, για συντομία".

"Το μετατραυματικό στρες δεν το έχουν οι βετεράνοι πολέμου;" Στριφογύρισα στην καρέκλα μου. Δεν το περίμενα αυτό.

"Ναι, αλλά μπορεί να επηρεάσει οποιονδήποτε έχει υποστεί ένα τραυματικό γεγονός, και ο Άνταμ είχε υποστεί σοβαρό τραύμα από τη δολοφονία του δασκάλου του. Ο Άνταμ είναι ιδιαίτερα ευάλωτος λόγω του Άσπεργκερ του. Απλώς δεν έχει τις δεξιότητες αντιμετώπισης". Ο Δρ Σάιμον έβγαλε τα γυαλιά του και έτριψε κουρασμένος τα μάτια του.

"Τι είναι η γνωστική ασυμφωνία; Είναι μέρος της μετατραυματικής διαταραχής;" Προσπαθούσα να τα καταλάβω όλα αυτά.

"Η γνωστική ασυμφωνία είναι ένα αίσθημα δυσφορίας που προκύπτει από την ταυτόχρονη κατοχή δύο αντικρουόμενων πεποιθήσεων. Στην περίπτωση του Άνταμ, πιστεύει ότι με κάποιο τρόπο προκάλεσε το θάνατο του Σπάικ, αλλά πιστεύει επίσης ότι δεν θα έκανε ποτέ κάτι που θα πλήγωνε ανθρώπους για τους οποίους νοιάζεται. Δεν μπορεί να συμβιβάσει αυτές τις πεποιθήσεις".

Υπήρχε ένα σφίξιμο στο στήθος μου που δεν έλεγε να σταματήσει. Ήταν σαν σιδερένιο νύχι που έσφιγγε τον αέρα από τους πνεύμονές μου.

"Δεν υπάρχει κάτι που μπορείτε να κάνετε γι' αυτόν;" Ρώτησα.

"Υπάρχουν πράγματα που μπορούμε να δοκιμάσουμε, αλλά ο καθένας αντιδρά διαφορετικά. Ένας τρόπος αντιμετώπισης του PTSD είναι να βοηθήσουμε τον ασθενή να "αναπλαισιώσει" την κατάσταση του τραύματος, ώστε να την κατανοήσει με έναν νέο τρόπο. Ο Άνταμ βλέπει εφιάλτες και γι' αυτό ασχολούμαστε με τη θεραπεία αναθεώρησης των ονείρων. Αυτό είναι ένα εργαλείο για τη μείωση της γνωστικής σύγκρουσης το οποίο δεν αντιμετωπίζει το ίδιο το τραύμα. Μερικές φορές αρκεί να αντιμετωπίσουμε απλώς τα συμπτώματα".

"Δουλεύει;" Ήμουν σίγουρος ότι ήξερα ήδη την απάντηση.

Ο Δρ Σάιμον κούνησε το κεφάλι του.

"Τι γίνεται με τα φάρμακα;"

Ο Δρ Σάιμον αναφέρθηκε στο διάγραμμα στο γραφείο του. "Ο Άνταμ δεν τα πάει καλά με τα φάρμακα. Στο παρελθόν, έχουμε δοκιμάσει διάφορα αγχολυτικά φάρμακα, καθώς και μερικά διαφορετικά αντικαταθλιπτικά. Κανένα από αυτά δεν βοήθησε, και μερικά τον χειροτέρεψαν". Οι ώμοι του έπεσαν σε ήττα.

Δεν μπορούσα να δεχτώ ότι δεν είχαμε

άλλες επιλογές. "Σίγουρα, υπάρχει κάτι άλλο που μπορείτε να δοκιμάσετε;"

"Η υπνοθεραπεία μπορεί να είναι αποτελεσματική στη θεραπεία της μετατραυματικής διαταραχής - αλλά *υπάρχει* κίνδυνος. Η αναβίωση ενός τραυματικού γεγονότος, ακόμη και υπό ύπνωση, μπορεί να προκαλέσει περαιτέρω τραύμα. Με άλλα λόγια, μπορεί να χειροτερέψει. Ο Άνταμ είναι τόσο εύθραυστος αυτή τη στιγμή, που φοβάμαι ότι μπορεί να έχει τάσεις αυτοκτονίας. Παρόλα αυτά, πιστεύω ότι είναι η καλύτερη επιλογή του σε αυτό το σημείο, και η μητέρα του συμφωνεί. Σχεδιάζουμε να ξεκινήσουμε αύριο".

Τα χέρια μου ήταν σταυρωμένα σφιχτά στο στήθος μου και κουνιόμουν ελαφρά μπρος-πίσω στην καρέκλα μου. Συνειδητοποίησα ότι παρηγορούσα τον εαυτό μου με τον τρόπο που το κάνει ο Άνταμ. Ίσως, βαθιά μέσα στο DNA μας, είμαστε όλοι καλωδιωμένοι να αντιδρούμε με αυτόν τον τρόπο.

Κοίταξα τον Δρ Σάιμον. "Ήρθα εδώ για να σας ρωτήσω αν ο Άνταμ θα μπορούσε να περάσει από ανιχνευτή ψεύδους".

Ο Δρ Σάιμον έδειξε τρομοκρατημένος. "Λέτε ότι είναι ύποπτος για τη δολοφονία;"Ένιωθα τα μάτια μου να δακρύζουν. Έκανα νεύμα.

Πετάχτηκε από την καρέκλα του, τρέμοντας από θυμό. "Αυτό θα τον κατέστρεφε. Δεν θα το επιτρέψω!"

ΚΕΦΆΛΑΙΟ 15

Ήταν μια ανακούφιση να ξέρω ότι ο Δρ Σάιμον αγωνιζόταν και για τον Άνταμ και το είπα. Στη συνέχεια, είπα στον γιατρό για την αναζήτησή μου για στοιχεία που θα απέκλειαν τον Άνταμ από ύποπτο και για το πώς πίστευα ότι ο ίδιος ο Άνταμ είχε τις απαντήσεις. Μακάρι να μπορούσαμε να ανακαλύψουμε γιατί ένιωθε τόσο ένοχος...

"Η αποκάλυψη των ριζών του τραύματος είναι ένας από τους στόχους της υπνοθεραπείας", δήλωσε ο Δρ Σάιμον. "Εσείς και εγώ έχουμε τον ίδιο στόχο, αλλά για διαφορετικούς λόγους". Χαμογέλασε και αυτό με έκανε να νιώσω ότι δεν είχαν χαθεί όλα.

"Θα μπορούσα να παρακολουθήσω τη συνεδρία υπνοθεραπείας σας με τον Άνταμ αύριο;"

Κούνησε το κεφάλι του. "Φοβάμαι πως όχι. Αν και η μητέρα του με εξουσιοδότησε να μιλήσω ελεύθερα μαζί σας, η παρουσία σας θα αποσπούσε την προσοχή του Άνταμ. Ο παρατηρητής θα επηρέαζε την παρατήρηση σε αυτή την περίπτωση".

Τότε μου ήρθε! Μπορεί να μην τουιτάρω, αλλά δεν ήμουν τελείως Λουδίτης όταν επρόκειτο για τεχνολογία. "Θα μπορούσα να το δω μέσω Skype;"

Ο Δρ Σάιμον γέλασε. "Φυσικά! Λυπάμαι που δεν το σκέφτηκα εγώ ο ίδιος".

Αφού συζητήσαμε τις λεπτομέρειες, του έκανα την ερώτηση που με βασάνιζε. "Υπάρχει κάτι που μπορείς να κάνεις για να προστατέψεις τον Άνταμ, αν απαγγείλουν κατηγορίες την επόμενη εβδομάδα;".

Απάντησε τόσο γρήγορα, που σαφώς το είχε ήδη σκεφτεί. "Αν η εντατική υπνοθεραπεία δεν αποδώσει, προτείνω θεραπεία σε ίδρυμα για τον Άνταμ. Η καλύτερη εγκατάσταση γι' αυτόν βρίσκεται στη Νέα Υόρκη και θα πρέπει να μείνει για τουλάχιστον 30 ημέρες".

Χαμογέλασα. Είχα δίκιο που εμπιστεύτηκα τον Δρ Σάιμον.

~

Οδηγούσα σπίτι όταν χτύπησε το κινητό μου. Ήταν ο Ντιουκ.

"Σου έλειψα ακόμα, αγάπη μου;"

"Δεν ξέρω πώς ζούσα χωρίς εσένα όλο αυτό το διάστημα". Είπα γελώντας. "Τα βρήκες με την κοπέλα σου;"

"Ας πούμε ότι ήταν πολύ ευχαριστημένη μαζί μου πριν τελειώσει η νύχτα".

"WTMI, Ντιουκ! Το να ακούσω για τη σεξουαλική σου ζωή δεν ήταν μέρος της συμφωνίας..." Παραλίγο να περάσω με κόκκινο φανάρι, ήμουν τόσο απασχολημένος με το να φωνάζω στον Ντιουκ.

"Ωραία, ωραία, μην τρελαίνεσαι. Έχω νέα για σένα".

"Αυτό είναι υπέροχο! Τι έχεις;"

"Λοιπόν, έλεγξα το αγόρι σου, τον Σπάικ. Αποδείχτηκε ότι το πραγματικό του όνομα ήταν Μέλβιν Ντουέιν Σίπροκ. Τι είδους όνομα είναι το Μέλβιν;" Ο Ντιούκ χασκογελούσε.

"Αυτό, από τον τύπο που τον λένε *Μαρμαντούκ;*"

"Μαρμαντούκ Μπρουσάρντ ήταν το όνομα του παππού μου και ήταν ο καλύτερος ψαράς στο Σρίβεπορτ της Λουιζιάνα, θα σου πω".

"Ώστε, είσαι ο Μαρμαντούκ Μπρούσαρντ, ο Δεύτερος;"

"Ο τρίτος , στην πραγματικότητα."

"Λοιπόν, είμαι σίγουρος ότι ο παππούς σου θα ήταν περήφανος για το πώς συνεχίζεις την οικογενειακή κληρονομιά", είπα, προσπαθώντας να μην γελάσω.

"Μιλάς την αλήθεια, νεαρή μου κυρία. Τώρα, πίσω στον Μέλβιν, μίλησα με τον τύπο που έχει το διπλανό εστιατόριο και μου είπε ότι ο δικός μας έφαγε εκεί πρωινό το πρωί που πέθανε".

"Και αυτό είναι ενδιαφέρον... γιατί;"

"Δεν έτρωγε μόνος του. Ήταν με έναν άλλο τύπο και είχαν έναν τεράστιο καυγά".

"Ουάου! Αλλά πώς θα μάθουμε ποιος ήταν;"

"Πολύ πιο μπροστά από σένα, αγάπη μου. Έδειξα στον τύπο στο εστιατόριο φωτογραφίες του Στιβ Μάικλς -αυτός είναι ο καθηγητής μουσικής με τα περιοριστικά μέτρα- και επίσης των ζόμπι. Και αναγνώρισε έναν από αυτούς".

"Με σκοτώνεις, Ντιουκ! Ποιος ήταν;" Μόλις είχα μπει στο δρόμο μου, αλλά έμεινα στο αυτοκίνητο.

"Darryl, ο κιθαρίστας των Zombies".

"Σπουδαία δουλειά, Ντιουκ! Είσαι καταπληκτικός!" Αυτή η μέρα έδειχνε να είναι καλή.

"Υπάρχουν κι άλλα, αγάπη μου. Η πιστωτική κάρτα του Σπάικ δείχνει ότι χρέωσε ένα δωμάτιο ξενοδοχείου το βράδυ πριν πεθάνει, οπότε πήγα εκεί και μίλησα με τον υπάλληλο της ρεσεψιόν. Φαίνεται ότι ο Σπάικ είχε μια φίλη του μαζί του. "

Υπέροχα...

"'Εδειξα στον υπάλληλο τη μία φωτογραφία που είχα και μάντεψε τι;"

"Φοβάμαι να ρωτήσω..." Είπα.

"'Ηταν η Ρόζα Μάικλς, το έτερο ήμισυ του Στιβ Μάικλς".

"Οπότε, τώρα έχουμε δύο υπόπτους; Τον Ντάριλ και τον Στιβ;"

"Ναι. Και, σύμφωνα με τα αρχεία του κινητού τηλεφώνου του Σπάικ, μίλησε και με τους δύο το βράδυ πριν πεθάνει".

ΚΕΦΑΛΑΙΟ 16

"Λοιπόν, τι κάνουμε μετά;" Ήμουν τόσο ενθουσιασμένη, που δεν μπορούσα να σκεφτώ καθαρά.

"Λοιπόν, δεν ξέρω για σένα, αλλά εγώ πάω να μιλήσω στη Ρόζα Μάικλς", είπε ο Ντιούκ.

"Εντάξει, θα τηλεφωνήσω στη Μαριάν Γουλίνσκι και θα προσπαθήσω να κανονίσω μια συνάντηση μαζί της. Ενημέρωσέ με για ό,τι μάθεις από τη Ρόζα. Και ο Ντιουκ;"

"Ναι, αγάπη μου;"

"Προσπάθησε να μην της την πέσεις. Ακούω ότι έχει έναν ζηλιάρη σύζυγο!" Γέλασα και το έκλεισα πριν προλάβει να πει οτιδήποτε.

Είχε περάσει η ώρα του μεσημεριανού γεύματος και πεινούσα, οπότε το πρώτο πράγμα που έκανα μόλις μπήκα στο σπίτι ήταν να φτιάξω ένα σάντουιτς - ένα σάντουιτς με φυστικοβούτυρο, μπανάνα και μέλι, για την ακρίβεια. Τώρα, ξέρω τι σκέφτεστε, ότι αυτό ακούγεται αηδιαστικό, αλλά δεν πρέπει να το απορρίψετε μέχρι να το δοκιμάσετε. Εννοώ, δεν είναι σαν να σου πρότεινα να φας σάντουιτς με σαρδέλα. Ναι, κάποιος τα τρώει αυτά. Αν ψάξεις στο Google για σάντουιτς με σαρδέλα, θα βρεις συνταγές, δεν αστειεύομαι.

Μετά από ένα απολαυστικό επιδόρπιο με μαύρη σοκολάτα (μου κάνει καλό, έτσι δεν είναι; Κάπου το άκουσα αυτό), έψαξα τον αριθμό τηλεφώνου της Μαριάν Γουλίνσκι, τον οποίο είχα αντιγράψει από τον φάκελο του Σπάικ στο δικαστήριο. Σκέφτηκα να τηλεφωνήσω στη Γκρέις, αλλά αποφάσισα να περιμένω μέχρι να έχω νέα από τον Ντιούκ. Πέθαινα να ακούσω τι θα του έλεγε η Ρόζα Μάικλς.

Λοιπόν... ξέρετε πώς φαντάζεστε πώς είναι ένα άτομο όταν ακούτε τη φωνή του στο τηλέφωνο; Λοιπόν, ισχύει και το αντίθετο. Μόλις δείτε μια φωτογραφία κάποιου, νομίζετε ότι ξέρετε πώς ακούγεται. Σας το λέω αυτό μόνο και μόνο επειδή όταν τηλεφώνησα στη Μαριάν Γουλίνσκι, τη μηχανόβια γκόμενα με τα πολλαπλά τατουάζ, έμεινα άναυδος. Ακουγόταν σαν μια μορφωμένη Νεοϋορκέζα, με την ανάλογη συμπεριφορά. Σκέφτηκα σίγουρα ότι είχα λάθος Μαριάν Γουλίνσκι, αλλά όχι, αυτή ήταν. Όταν της είπα ότι ήμουν η δικηγόρος του ΆνταμΆνταμ Μούλερ, είπε: "Δεν έχω τίποτα άλλο να πω, έχω ήδη μιλήσει με τους αστυνομικούς". Πριν προλάβει να κλείσει το τηλέφωνο, της είπα ότι ήμουν επίσης η ξαδέλφη του Άνταμ, και ότι ανησυχούσαμε ότι είχε τάσεις αυτοκτονίας, και πόσο θα εκτιμούσα λίγα λεπτά από το χρόνο της.

Μαλάκωσε τότε το ύφος της και συμφώνησε να μου μιλήσει, για το καλό του Άνταμ. Αποφασίσαμε να συναντηθούμε στο Starbucks στο Young Circle στις τέσσερις και μισή.

Έφτασα νωρίς και περίμενα να έρθει η Marian με μια Harley, αλλά εκείνη ήρθε με ένα καινούργιο VW, με τα τατουάζ της διακριτικά κρυμμένα από μακριά μανίκια. Φορούσε πολύ μακιγιάζ και τα μαλλιά της ήταν μαζεμένα πίσω σε μια ψηλή αλογοουρά. Έμοιαζε με την εκλεπτυσμένη αδελφή του κοριτσιού στην ιστοσελίδα. Δεν ήμουν σίγουρη ποια ήταν η πραγματική Μάριαν.

Του συστήθηκα και παραγγείλαμε καφέ. Εκείνη πήρε τον δικό της σκέτο, χωρίς φρου-φρου φραπουτσίνο για εκείνη.

"Τι κάνει ο Άνταμ;" ρώτησε. "Είναι καλό παιδί. Όλοι στο Screaming Zombie τον συμπαθούσαν". Χτυπούσε τα μακριά νύχια της στο τραπέζι, ανήσυχη, σαν να μην μπορούσε να περιμένει να τελειώσει.

"Ο Άνταμ δεν είναι καλά, λυπάμαι που το λέω. Το να βρει το πτώμα του Σπάικ ήταν μεγάλο σοκ γι' αυτόν. Βλέπει εφιάλτες και δεν τρώει...".

Φαινόταν συμπονετική. "Λοιπόν, δεν είναι περίεργο. Ο Άνταμ και ο Σπάικ ήταν τόσο καλά φιλαράκια. Μεταξύ της μουσικής και των σκύλων, αυτοί οι δύο είχαν πολλά κοινά. Ο Άνταμ τα πήγαινε καλά ακόμα και με το Κτήνος, που δεν είναι και ο πιο φιλικός σκύλος, πιστέψτε με".

"Μάριαν, υπόσχομαι να το κάνω γρήγορα,

αλλά μπορείς να μου απαντήσεις σε μερικές ερωτήσεις;"

"Θα προσπαθήσω", απάντησε χωρίς ιδιαίτερο ενθουσιασμό.

Έβγαλα τον κατάλογο ερωτήσεων της Σούζαν Ντόιλ. "Είχε ο Σπάικ εχθρούς;"

Γέλασε κούφια. "Σίγουρα, είχε πολλούς εχθρούς -ήταν κάπως μαλάκας- αλλά κανέναν που θα τον σκότωνε".

"Χρωστούσε σε κάποιον χρήματα ή του χρωστούσε κάποιος χρήματα;"

"Κανείς δεν του χρωστούσε χρήματα, αλλά τα Screaming Zombies πίστευαν ότι τους χρωστούσε χρήματα. Δεν τους άρεσε που χρησιμοποιούσε το όνομα του συγκροτήματος για το κατάστημά του. Του έκαναν μήνυση, αλλά δεν μπορούσαν να τον σκοτώσουν."

"Γιατί όχι;" ρώτησα, αναρωτώμενος πώς μπορεί να είναι τόσο σίγουρη.

"Επειδή δεν είχαν τα κότσια! Τους ξέρω αυτούς τους τύπους πολύ καιρό- εγώ και ο Σπάικ έχουμε μακρύ παρελθόν, και σου λέω ότι είναι πολύ δειλοί για κάτι τέτοιο".

"Μήπως ήταν μια ληστεία που πήγε στραβά;" ρώτησα, ακολουθώντας το σενάριο της Σούζαν.

"Μπα. Δεν έλειπε τίποτα. Είμαι ο λογιστής, οπότε θα το ήξερα". Τελείωσε τον καφέ της.

Ήξερα ότι ήταν έτοιμη να την κοπανήσει, οπότε εγκατέλειψα τις ερωτήσεις και τη ρώτησα ευθέως: "Ποιος νομίζεις ότι σκότωσε τον Σπάικ; Καλύτερη εικασία".

"Θα σας πω ποιος το έκανε - νομίζω ότι ήταν ο ΣτηβΣτηβ Μάικλς. Αυτός και η Ρόζα τσακώνονταν συνέχεια σαν τρελοί, φώναζαν και ούρλιαζαν, και εκείνη μόλις κατέθεσε αίτηση διαζυγίου. Ήταν σούπερ ζηλιάρης".

"Τι σχέση έχει αυτό με τον Σπάικ;"

"Κοιμόταν μαζί της."

ΚΕΦΑΛΑΙΟ 17

"Πόσο καιρό ο Σπάικ και η Ρόζα κοιμόντουσαν μαζί;" Ρώτησα.

Ένα βλέμμα αηδίας πέρασε από το πρόσωπό της τόσο γρήγορα, που σχεδόν δεν το πρόσεξα. "Ποιος ξέρει; Ποιος νοιάζεται;" είπε επιπόλαια.

Μου φάνηκε ότι ίσως νοιαζόταν. "Είχε ο Σπάικ άλλες φιλενάδες ή πρώην φιλενάδες;"

"Ήταν ροκ σταρ, τι νομίζετε; Πάντα υπήρχαν γκρούπις και τσούλες που τον περιτριγύριζαν".

Έβαλε την τσάντα της στον ώμο της και έσπρωξε την καρέκλα της προς τα πίσω για να σηκωθεί. Ένιωσα όπως όταν ήμουν στο δικαστήριο και ο δικαστής έλεγε: "Τελειώστε, συνήγορε, δεν έχουμε χρόνο".

"Κι εσύ;" Ρώτησα.

Στενεύει τα μάτια της. "Κι εγώ;"

"Λοιπόν, εσύ και ο Σπάικ ήσασταν ποτέ μαζί, ως ζευγάρι;"

Κούνησε το κεφάλι της και η αλογοουρά της κουνιόταν μπρος-πίσω. "Συνηθίζαμε να τα φτιάχνουμε, αλλά αυτό ήταν πριν από πολύ καιρό. Αρχαία ιστορία. Τέλος πάντων, πρέπει να φύγω. Καλή τύχη με τον Άνταμ, δώσε του τους χαιρετισμούς μου". Και έφυγε.

Τελείωσα τον καφέ μου και απολάμβανα τον ήλιο, ενώ σκεφτόμουν τη συζήτησή μας. Η Μάριαν φαινόταν πεπεισμένη ότι ο Στιβ ήταν ο δολοφόνος, αλλά πόσο αξιόπιστη ήταν; Μήπως είχε το δικό της τσεκούρι να τρίψει; Η ονειροπόλησή μου διακόπηκε από ένα μπιπ που μου ανακοίνωσε ότι είχα ένα μήνυμα. Κοίταξα το τηλέφωνό μου και διάβασα: "Για να περάσεις καλά, τηλεφώνησε στον Ντουκ". Μετά ένα δεύτερο μήνυμα: "Εγγυημένη ικανοποίηση!" Σκέφτηκα ότι ήταν καλύτερα να του τηλεφωνήσω πριν τα μηνύματά του μετατραπούν σε sexting.

"Γιατί άργησες τόσο πολύ, αγάπη μου;"

"Γεια σου Ντιουκ! Συγγνώμη, ξέρω ότι τριάντα δευτερόλεπτα είναι πολύς χρόνος αναμονής. Τι ανακάλυψες;"

"Πήγαινε εσύ πρώτος."

Στήριξα τα πόδια μου στην καρέκλα απέναντί μου και βολεύτηκα. "Η Μαριάν Γουλίνσκι είναι ένας γρίφος, τυλιγμένος σε ένα μυστήριο, μέσα σε μια New Yorker. Δεν είμαι σίγουρος αν έχει τη δική της ατζέντα, αλλά λέει ότι ο Στιβ Μάικλς είναι ο τύπος, ότι ζήλευε επειδή ο Σπάικ και η Ρόζα κοιμόντουσαν μαζί".

Ο Ντιουκς σφύριξε χαμηλόφωνα από έκπληξη. "Αυτό απλά επιβεβαιώνει το σύνθημα της ιδιωτικής αστυνομίας: "Όλοι λένε ψέματα"."

Σηκώθηκα στην καρέκλα μου. "Αυτό είναι

και το σύνθημα των δικηγόρων και δεν το διδάσκουν στη νομική σχολή. Ποιος λέει ψέματα;"

"Νομίζω ότι είναι το κορίτσι σου, γιατί πιστεύω ότι είναι το δικό μου. Η Ρόζα λέει ότι αυτή και ο Σπάικ δεν έκαναν ποτέ τη βρώμικη πράξη. Την πήγε σε ένα ξενοδοχείο για να την απομακρύνει από τον Στιβ, ο οποίος φερόταν σαν τρελός και απειλούσε να τη σκοτώσει. Ήταν φοβισμένη, και οι άνθρωποι δεν λένε ψέματα όταν φοβούνται".

"Πιστεύει ότι ο Στιβ σκότωσε τον Σπάικ;"

"Αυτό είναι το αστείο, δεν το πιστεύει. Είπε ότι δεν απείλησε ποτέ κανέναν άλλον. Ζήλευε πολύ, αλλά πάντα ξεσπούσε πάνω της".

"Αλλά γιατί να πει ψέματα η Μάριαν; Ίσως πραγματικά πίστευε ότι κοιμόντουσαν μαζί. Θέλω να πω, αν τους έβλεπε να πηγαίνουν σε ένα ξενοδοχείο, φυσικά και θα το πίστευε αυτό. Οπότε, τι πρέπει να κάνουμε μετά;"

"Αφήστε το σε μένα, αγάπη μου. Θα βρω πού βρισκόταν ο Στιβ την ώρα του φόνου. Και δεν αποκλείω τον τύπο με το ζόμπι, Ντάριλ, θα τον ελέγξω κι αυτόν".

"Ευχαριστώ, Ντιουκ! Εξακολουθώ να πιστεύω ότι ο Άνταμ ξέρει κάτι. Θα παρακολουθήσω τη συνεδρία υπνοθεραπείας του αύριο το πρωί. Γιατί δεν επικοινωνούμε μετά από αυτό;"

"Αγάπη μου, μπορείς να αγγίξεις ό,τι θέλεις. Δεν θα με πείραζε καθόλου."

ΚΕΦΆΛΑΙΟ 18

Μόλις είχα γυρίσει σπίτι και ετοιμαζόμουν να ταΐσω τη γάτα που δεν έκανε καν ότι με συμπαθούσε, όταν τηλεφώνησε η Γκρέις.

"Ουάου! Πρέπει να είσαι μέντιουμ. Ήμουν έτοιμος να σε καλέσω..." Είπα

"Τζέιμι", είπε η Γκρέις, "δεν θα το πιστέψεις αυτό. Μόλις μίλησα με τη Σούζαν Ντόιλ - είπε ότι η Ρόζα Μάικλς παρασύρθηκε και σκοτώθηκε σήμερα το απόγευμα! Οι μάρτυρες λένε ότι ο οδηγός την πυροβόλησε. Ο σύζυγός της, ο Στηβ, συνελήφθη και θέλουν να του φορτώσουν και τη δολοφονία του Σπάικ. Η θεωρία τους είναι ότι το ερωτικό τρίγωνο πήγε στραβά. Οπότε, ο Άνταμ ξεμπλέκει προς το παρόν, ίσως και για πάντα".

"Δεν ξέρω καν τι να πω..." Κάθισα στην πολυθρόνα μου, προσπαθώντας να απορροφήσω αυτή τη βόμβα.

"Δεν είσαι ευτυχισμένη; Αυτά είναι υπέροχα νέα."

"Όχι για τη Ρόζα Μάικλς", τόνισα.

"Το ξέρω, το ξέρω. Το καημένο το κορίτσι...

παντρεύτηκε έναν δολοφόνο. Συμβαίνει πολύ συχνά. Θα τηλεφωνήσεις στη θεία σου και θα της πεις τα νέα;"

Το κεφάλι μου γυρνούσε. "Ναι, θα το κάνω. Θα ανακουφιστεί. Δεν ήξερε ότι ο Άνταμ επρόκειτο να κατηγορηθεί, αλλά είμαι σίγουρος ότι ανησυχούσε γι' αυτό. Η κύρια ανησυχία της εξακολουθεί να είναι ο Άνταμ -είναι χάλια".

"'Ισως αν μάθει ότι συνέλαβαν τον Στιβ, να νιώσει καλύτερα;" πρότεινε η Γκρέις.

"Δεν ξέρω- θα το αφήσω αυτό στον Δρ Σάιμον. Έχω ήδη δοκιμάσει να παίξω τον ντετέκτιβ- δεν είμαι έτοιμη να ασχοληθώ με την ψυχοθεραπεία!"

"Τι θα έλεγες για θεραπεία λιανικής πώλησης;" Η Γκρέις γέλασε.

"Αυτό, μπορώ να το χειριστώ." Είπα. Κανονίσαμε να βρεθούμε για ψώνια και δείπνο το επόμενο Σαββατοκύριακο και κλείσαμε το τηλέφωνο.

Ένιωσα διχασμένος. Ανακουφίστηκα που ο Άνταμ δεν επρόκειτο να συλληφθεί, αλλά εξακολουθούσα να αισθάνομαι ότι ένα κομμάτι του παζλ έλειπε. Αποφάσισα να μην το πω αμέσως στον Ντιουκ - τον άφησα να τελειώσει τον έλεγχο για το πού βρισκόταν ο Στιβ την ώρα του φόνου. Και ο Άνταμ εξακολουθούσε να υποφέρει. Δεν ήμουν σίγουρος ότι η σύλληψη του Στιβ θα τον άλλαξε κάτι. Ήξερα ότι θα μετρούσα τις ώρες μέχρι την υπνοθεραπεία του το επόμενο πρωί. Βολεύτηκα για μια μακρά νύχτα.

ΚΕΦΆΛΑΙΟ 19

Χρειάστηκαν δύο εσπρέσο για να ανοίξω τα μάτια μου το πρωί. Αν και πρέπει να κοιμήθηκα *λίγο* ανάμεσα στις επαναλήψεις των "Friends" και "30 Rock", σίγουρα δεν το ένιωσα. Είχα άγχος, αλλά δεν ήμουν σίγουρη γιατί. Θα μπορούσα να χρησιμοποιήσω λίγη κωμική ανακούφιση εκείνη τη στιγμή. Πού είναι ο Ντιουκ όταν τον χρειάζεσαι;

Στις 10:00, κάλεσα τον Δρ Σάιμον μέσω Skype και επιβεβαιώσαμε ότι μπορούσαμε να δούμε και να ακούσουμε ο ένας τον άλλον. Στη συνέχεια, έβαλε προσωρινά μια πετσέτα πάνω από την οθόνη, ώστε ο Άνταμ να μη με δει όταν θα έμπαινε μέσα. Την αφαίρεσε αφού ο Άνταμ είχε ξαπλώσει αναπαυτικά στον καναπέ.

Σε αντίθεση με τη δημοφιλή πεποίθηση, δεν απαιτείται κανένα λαμπερό αντικείμενο για την ύπνωση. Ήταν απλώς μια άσκηση βαθιάς χαλάρωσης με τον Δρ Σάιμον να κάνει υποδείξεις με φωνή απαλή σαν βαμβάκι. Ο Άνταμ έμοιαζε σαν να κοιμόταν, αλλά ήταν ακόμα σε θέση να απαντήσει σε ερωτήσεις.

Αρχικά, ο Δρ Σάιμον του ζήτησε να βαθμολογήσει το άγχος του σε μια κλίμακα από 1-5 με μια συγκεκριμένη περιγραφή για κάθε αριθμό. Στη συνέχεια, είπε στον Άνταμ να φανταστεί τον εαυτό του να οδηγεί ένα ασανσέρ σε ένα κτίριο με πέντε ορόφους και ήταν ο μόνος που μπορούσε να πατήσει τα κουμπιά. Αν άρχιζε να αισθάνεται άγχος, το μόνο που έπρεπε να κάνει ήταν να οδηγήσει το ασανσέρ σε έναν χαμηλότερο όροφο.

"Σου αρέσουν τα ασανσέρ, Άνταμ;" ρώτησε ο Δρ Σάιμον.

"Ναι..."

"Μην ξεχνάς να πατάς τα κουμπιά όταν χρειάζεται, Άνταμ. Είσαι σε ασφαλές μέρος. Τίποτα δεν μπορεί να σου κάνει κακό εδώ. Αισθάνεσαι ασφαλής τώρα;"

"Αισθάνομαι ασφαλής."

Στη συνέχεια, ο Δρ Σάιμον του έκανε κάποιες ουδέτερες ερωτήσεις για τα σκυλιά του, πριν κάνει την επόμενη ερώτηση.

"Ξέρεις ένα σκύλο που τον λένε Κτήνος ;"

"Ο σκύλος του Σπάικ. Όπως ο ντράμερ... Led Zeppelin".

"Σου αρέσει το Κτήνος ;"

"Το Κτήνος είναι καλό σκυλί. Του αρέσει να παίζει".

"Πότε ήταν η τελευταία φορά που είδες το Κτήνος, Άνταμ;"

Ο Άνταμ άρχισε να χτυπιέται. "Τον ακούω να γαβγίζει... είναι αναστατωμένος. Γιατί γαβγίζει; Πού είναι ο Σπάικ; Δεν μπορώ να πάω εκεί μέσα! Όχι, όχι!"

Ο Δρ Σάιμον έκανε πίσω. "Δεν πειράζει,

Άνταμ. Δεν χρειάζεται να μπεις εκεί μέσα. Μην ξεχνάς τα κουμπιά του ασανσέρ σου. Πάρτε μια βαθιά ανάσα και αφήστε το να φύγει. Πάτα το κουμπί νούμερο ένα και κατέβα με το ασανσέρ. Αισθάνεσαι καλύτερα;"

"Ναι..."

"Τώρα, Άνταμ, δεν χρειάζεται να μπεις στο δωμάτιο που είναι το Κτήνος, αλλά πρέπει να σε ρωτήσω για εκείνη τη μέρα, εντάξει;"

Καμία απάντηση.

"Άνταμ, είπες ότι έκανες κάτι κακό. Ποιο ήταν το κακό πράγμα;"

Τα δάκρυα άρχισαν να κυλούν στο πρόσωπο του Άνταμ.

"Άνταμ, άκουσέ με. Ξέρω ότι νομίζεις ότι έκανες κάτι κακό, αλλά δεν το έκανες. Ίσως έκανες ένα λάθος, αλλά δεν έκανες τίποτα κακό. Εντάξει;"

Καμία απάντηση.

"Άνταμ, σε παρακαλώ, επανέλαβε μετά από μένα. Δεν έκανα τίποτα κακό".

Ο Άνταμ άρχισε να κουνάει το κεφάλι του από τη μια πλευρά στην άλλη.

"Άνταμ, άκουσέ με." είπε ευγενικά ο δρ Σάιμον. "Δεν έκανες τίποτα κακό. Είμαι σίγουρος γι' αυτό. Τώρα, μπορείς να επαναλάβεις μετά από μένα;"

"Εντάξει."

"Μπορείς να το πεις αυτό για μένα; Δεν έκανα τίποτα κακό".

Με τόσο χαμηλή φωνή που σχεδόν δεν μπορούσα να τον ακούσω, ο Άνταμ είπε: "Δεν έκανα τίποτα κακό".

"Ωραία! Τώρα ποιο ήταν το κακό;"

"Δεν ήθελα να το κάνω! Λυπάμαι, Σπάικ. Εγώ φταίω, εγώ φταίω για όλα!"

"Άνταμ, άκουσέ με. Ας προσποιηθούμε ότι είσαι μύγα. Μπορείς να το κάνεις αυτό;"

"Ναι."

"Μπορείς να νιώσεις τα φτερά σου;"

"Εεεε."

"Εντάξει, τώρα είσαι μύγα και παρακολουθείς τον Άνταμ να κάνει αυτό που θεωρεί κακό. Πες μου γι' αυτό. Είσαι μια μύγα που μπορεί να μιλήσει... απλά προσποιήσου".

"Ο Άνταμ παίζει μουσική με τον Σπάικ. Γελάνε. Ο Άνταμ ρωτάει "Ποιο είναι το αγαπημένο σου τραγούδι Σπάικ; Ο Σπάικ χαμογελάει. Λέει 'Τα μάτια της Ροζαλίντα'... του θυμίζει τη Ρόζα...".

"Ποια είναι η Ρόζα;" ρωτάει ο Δρ Σάιμον.

"Είναι δασκάλα. Είναι όμορφη".

"Τότε τι συνέβη; Να θυμάσαι ότι ακόμα προσποιείσαι ότι είσαι μύγα".

"Ο Άνταμ ρωτάει τον Σπάικ αν αγαπάει τη Ρόζα. Ο Σπάικ λέει ναι. Αλλά είναι μυστικό... μην το πεις".

"Τότε τι συνέβη;"

"Ο Άνταμ αθέτησε την υπόσχεσή του! Γιατί το έκανες αυτό, Άνταμ; Είσαι κακός!"

"Πώς ο Άνταμ αθέτησε την υπόσχεσή του;" Ο Δρ Σάιμον παρακίνησε.

"Το είπε! Υποσχέθηκε, αλλά το είπε έτσι κι αλλιώς..."

"Σε ποιον το είπε ο Άνταμ;"

Καμία απάντηση.

"Μιλάω με την υποτιθέμενη μύγα μας τώρα, κύριε Μύγα, σε ποιον το είπε ο Άνταμ;

"Τόσο θυμωμένος! Σπασμένες εικόνες, αιχμηρές! Το δάχτυλό μου πονάει... Συγγνώμη, συγγνώμη, συγγνώμη, συγγνώμη!"

"Ποιος είναι θυμωμένος;"

"Δεν μπορώ να σου πω."

"Άνταμ, είπες στον Στηβ το μυστικό;"

"Όχι."

"Σε ποιον το είπες;"

Ο Άνταμ άρχισε να τραβάει τα μαλλιά του. "Ήταν τόσο θυμωμένη!"

"Πάρτε μια βαθιά ανάσα. Πατήστε το κουμπί και κατεβείτε με το ασανσέρ. Μπορείς να το κάνεις αυτό;"

"Ναι."

"Αισθάνεσαι καλύτερα, Άνταμ;" Ο Δρ Σάιμον μιλούσε σιγά.

"Καλύτερα..."

"Ας παίξουμε ένα παιχνίδι εικασιών, εντάξει; Ήταν η Ρόζα, το είπες στη Ρόζα;"

"Όχι... η Ρόζα είναι ωραία".

"Δεν πειράζει αν η μύγα μου πει ποιος ήταν θυμωμένος".

Ο Άνταμ άρχισε να τρέμει και να κλαίει. "Ο Σπάικ είναι νεκρός! Ο Σπάικ ήταν ο καλύτερός μου φίλος..."

"Άνταμ, χτύπησες τον Σπάικ;"

"ΟΧΙ!"

"Τότε δεν φταις εσύ. Με ακούς; Δεν φταις εσύ. Επαναλάβετε μετά από μένα: δεν φταίω εγώ".

"Είναι... είναι.... όχι... δικό μου λάθος..."

"Τώρα πες μου, Άνταμ, ποιος ήταν τρελός;"

"Ήταν... η Μάριαν!"

ΚΕΦΆΛΑΙΟ 20

Η Μάριαν πρέπει να σκότωσε τον Σπάικ! Μόλις χθες, συζητούσα μαζί της και έπινα καφέ. Ένιωσα μια ανατριχίλα να διαπερνά τη σπονδυλική μου στήλη. Τώρα, τι να κάνω;

Παρακολούθησα τον Δρ Σάιμον να βγάζει τον Άνταμ από την υπνωτική του κατάσταση. Ανησύχησα ότι ο Άνταμ θα αισθανόταν χειρότερα μετά από όλα όσα είχε περάσει, αλλά, προς έκπληξή μου, φαινόταν καλύτερα. Όχι ανέμελος, περισσότερο σαν να του είχε φύγει ένα βάρος. Έδωσε ακόμη και ένα μισό χαμόγελο στον Δρ Σάιμον. Παρόλο που ήταν πολύ ψηλότερος τώρα, ο Άνταμ έμοιαζε ακόμα με εκείνο το νυσταγμένο αγοράκι που συνήθιζα να προσέχω, διαβάζοντας ιστορίες με ζώα κάτω από τα σκεπάσματα πριν αποκοιμηθεί.

Θα πίστευε κανείς ότι θα ήξερα τι να κάνω στη συνέχεια, λαμβάνοντας υπόψη όλα τα μυθιστορήματα που έχω διαβάσει και όλες τις τηλεοπτικές σειρές που έχω παρακολουθήσει, αλλά δεν είχα ιδέα. Ένα πράγμα ήξερα σίγουρα, έπρεπε να το πω στην Γκρέις! Δεν μου άρεσε να το κάνω με μήνυμα, αλλά ήταν στη δουλειά και δεν μπορούσα να περιμένω. Η υπομονή δεν είναι το φόρτε μου.

Γεια σου Γκ, τα πράγματα μόλις απέκτησαν ενδιαφέρον! Ο Άνταμ είχε μια σημαντική ανακάλυψη κάτω από την ύπνωση & μας είπε το "κακό" πράγμα που έκανε, αυτό που σκότωσε τον Σπάικ

Ωω, θεέ μου ! Γιατί με άφησες να κρέμομαι έτσι; Γιατί είσαι τόσο κακός;

LOL!!! Αποκάλυψε ένα μυστικό που ο Σπάικ του ζήτησε να μην πει, το μυστικό ήταν...

Θα σε σκοτώσω!!!!

Το μυστικό ήταν ότι ο Σπάικ ήταν ερωτευμένος με τη Ρόζα! Άνταμ το αποκάλυψε και το το είπε σε κάποιον που θύμωσε πάρα πολύ....

Θα πληρώσετε γι' αυτό το βασανιστήριο. Σας το υπόσχομαι.

Τυμπανοκρουσίες παρακαλώ....ήταν η Μάριαν !!!

Αποκλείεται!!!

Ναι! Και τώρα μπορώ να προσθέσω στο βιογραφικό μου και το "κουβεντούλα για καφέ με έναν δολοφόνο". Ίσωςμπορώ να βρω δουλειά στις φυλακές...

Ουάου! Αλλά πώς είσαι σίγουρη ότι ήταν αυτή;

Δεν ξέρω, αλλά το ένστικτό μου λέει ότι είναι αυτή. Και ο Άνταμ το πιστεύει.

Πρέπει να απευθυνθείτε στον εισαγγελέα με αυτό το θέμα.

Αλλά τον μισώ αυτόν τον τύπο! Μη με κάνεις να του μιλήσω!

Τζέιμι....

Στεναγμός. Εντάξει, αλλά μόλις μου χάλασες τη μέρα.

Τώρα είμαστε πάτσι. Lol! Καλή τύχη!

Μου πήρε μόνο ένα λεπτό για να συνειδητοποιήσω ότι δεν μπορούσα να πάω στον Νικ, τον εισαγγελέα, και να κατηγορήσω τον Μάριαν ότι σκότωσε τον Σπάικ από ζήλια -όχι επειδή ήταν ο αρχιεχθρός μου, παίζοντας τον Μαγκνέτο για τον καθηγητή μου Ξαβιέ- αλλά επειδή δεν θα με πίστευε ποτέ. Εννοώ, τι αποδείξεις είχα; Επειδή το έλεγε ο υπνωτισμένος, τραυματισμένος, αυτιστικός ξάδερφός μου; Αυτό θα ήταν πολύ καλό. Αυτό που χρειαζόμουν ήταν αποδείξεις. Χρειαζόμουν τον Ντιουκ, γαμώτο!

Πού ήταν, τέλος πάντων; Ήταν περίεργο που δεν είχα νέα του, ούτε καν ένα πρόστυχο μήνυμα. Του τηλεφώνησα, αλλά βγήκε ο τηλεφωνητής. Του έστειλα μήνυμα και δεν πήρα καμία απάντηση. Έφτιαξα ένα τοστ και μετά τηλεφώνησα στο μόνο μέρος που μπορούσα να σκεφτώ.

"Είναι πάντα Mardi Gras στο Big Easy, εδώ Μπρένταν, πώς μπορώ να σας βοηθήσω;

"Γεια σου Μπρένταν, ψάχνω τον Ντιούκ Μπρουσάρντ, τον έχεις δει;"

"Χμ, λοιπόν... Ντιούκ;" Μπορούσα να ακούσω τον Ντιουκ στο βάθος να λέει "Δεν είμαι εδώ".

"Μπρένταν;"

"Μάλιστα κυρία μου. Λυπάμαι, αλλά..."

"Μπρέντζαν, είμαι ο δικηγόρος του κ. Μπρουσάρντ και πρέπει να του μιλήσω αμέσως. Σε παρακαλώ, δώσ' τον μου στο τηλέφωνο."

"Μάλιστα κυρία μου, εντάξει... εντάξει, εδώ είναι".

Άκουσα το τηλέφωνο να αλλάζει χέρια και μετά ο Ντιουκ είπε "γεια", αλλά δεν ακουγόταν σωστά, καθόλου.

"Ντιουκς; Τι συμβαίνει; Είσαι άρρωστος, θέλεις να σε πάω στο νοσοκομείο;"

"Δεν χρειάζομαι νοσοκομείο." Ήταν ακατάληπτος, σαν να είχε πιει πολύ. Κάτι δεν πήγαινε καλά. Το αλκοόλ κάνει μερικούς ανθρώπους να έχουν κατάθλιψη, αλλά όχι τον Ντιούκ. Συνήθως ήταν ο πιο ευτυχισμένος μεθυσμένος στον πλανήτη.

"Μείνε εκεί, Ντιουκ! Θα σε δω σε πέντε λεπτά". Φόρεσα ένα τζιν και ένα μπλουζάκι, μπήκα στο αυτοκίνητό μου και έτρεξα στο Big Easy. Συνήθιζα να ζω μια τόσο ήσυχη ζωή, τι στο διάολο συνέβη; Έμοιαζε σαν να υπήρχε μια νέα κρίση κάθε μέρα. Ίσως θα έπρεπε να πάρω μια σειρήνα για την οροφή του αυτοκινήτου μου και να βάψω το πάνελ της πόρτας να γράφει: "Κρατήσου, έρχομαι!"

Ω, Ντιουκ! Υποτίθεται ότι θα με έσωζες, όχι το αντίθετο...

ΚΕΦΑΛΑΙΟ 21

Όταν έφτασα στο Big Easy, είδα ένα σμήνος από barflies να περιφέρονται γύρω από το εξωτερικό μπαρ, κυρίως τουρίστες, αλλά όχι τον Ντιουκ. Μπήκα μέσα, σε αποστολή να σώσω τον Ντιουκ από τους δαίμονες του, τον εαυτό του ή οτιδήποτε άλλο. Ήταν σκοτεινά εκεί μέσα, μετά τη λάμψη έξω και έπρεπε να περιμένω να προσαρμοστούν τα μάτια μου. Τότε τον είδα, σκυμμένο πάνω από το μπαρ, όπου έμοιαζε να ήταν όλη τη νύχτα. Αξύριστος, φορούσε τσαλακωμένα ρούχα και έναν αέρα απόγνωσης...

Τον άγγιξα ελαφρά στον ώμο. "Ντιουκ, είσαι καλά; Συνέβη κάτι;"

Κούνησε το κεφάλι του, πολύ δυστυχισμένος για να μιλήσει.

Κάθισα δίπλα του. "Μπορώ να κάνω κάτι για σένα;" Ούτε μια λάγνα πρόταση δεν βγήκε από το στόμα του -και του είχα δώσει το τέλειο σκηνικό. Κάτι δεν πήγαινε καλά. Απλά κάθισα μαζί του για λίγο, χωρίς κανείς μας να πει τίποτα. Ο Μπρένταν, ο μπάρμαν, μου έφερε ένα ποτήρι νερό. Μετά από περίπου δεκαπέντε λεπτά, ο Ντιουκ με κοίταξε με δάκρυα στα μάτια.

"Θα μπορούσα να την είχα σώσει, Τζέιμι. Αυτό το γλυκό κορίτσι μου είπε ότι φοβόταν, είπε ότι θα προσπαθούσε να τη σκοτώσει... αλλά εγώ είπα: "Μην ανησυχείς, θα είσαι καλά". Και τώρα είναι νεκρή, η Ρόζα είναι νεκρή! Αυτός ο ζηλιάρης μπάσταρδος την σκότωσε. Όπως ακριβώς σκότωσε και τον Σπάικ". Ο Ντιουκ ακούμπησε το κεφάλι του στο μπαρ σε κατάσταση ήττας.

"Ντιουκ! Δεν φταις εσύ", είπα, χτυπώντας τον απαλά στην πλάτη. "Και ο Στιβ δεν σκότωσε τον Σπάικ".

Ο Ντιουκς με κοίταξε σαν να ήμουν τρελή. "Τι στο διάολο λες, Τζέιμι;"

"Ήταν η Marian. Είχε κι εκείνη ένα μικρό πρόβλημα ζήλιας".

"Γαμώτο, Τζέιμι! Αυτοί οι άνθρωποι είναι τρελοί!"

"Αυτό λέει πολλά, όταν το λες εσύ, Ντιουκ!" Γέλασα και μετά γέλασε κι αυτός.

"Γιατί είσαι εδώ, τέλος πάντων;" ρώτησε, αναζωπυρώνοντας λίγο το μυαλό του.

"Ήρθα εδώ για να σε σώσω. Λοιπόν, τους περισσότερους από εσάς. Το συκώτι σας είναι χαμένη υπόθεση, φοβάμαι".

Ακόμη και ο Μπρένταν, ο μπάρμαν, χαμογέλασε με αυτό.

"Στην πραγματικότητα", είπα, "ήρθα να σου πω ότι ο Άνταμ είναι καθαρός, αλλά χρειάζομαι ακόμα τη βοήθειά σου. Αν πρόκειται να πιάσουμε τον Μάριαν, χρειάζομαι αποδείξεις που μπορώ να πάω στον εισαγγελέα, αυτή την αυτάρεσκη νυφίτσα. Είσαι μέσα;"

"Και βέβαια είμαι, αγάπη μου. Αλλά τι θα έλεγες για λίγο πρωινό πρώτα; Τι θα πάρεις, ένα Bloody Mary ή μια Mimosa;"

ΚΕΦΑΛΑΙΟ 22

Μετά από ένα πρωινό με ομελέτα και πλιγούρι (χωρίς τη Μιμόζα), βοήθησα τον Ντιουκ να βρει ένα ταξί για να τον πάει σπίτι του- δεν ήταν σε θέση να οδηγήσει. Στη συνέχεια πήγα στο σπίτι της θείας Πεγκ- ήθελα να ελέγξω τον Άνταμ μετά το δύσκολο πρωινό του και να ενημερώσω τη θεία μου.

Η θεία μου άνοιξε την πόρτα πριν προλάβω να χτυπήσω και με οδήγησε μέσα. Με αγκάλιασε γρήγορα και μου ψιθύρισε: "Γεια σου, Τζέιμι".

"Γιατί ψιθυρίζουμε;" ψιθύρισα.

Έδειξε τον καναπέ όπου ο Άνταμ κοιμόταν με τον Άνγκους, το σκωτσέζικο τεριέ, να κοιμάται στο στήθος του, και τον Μπόνο, το ιρλανδικό σέττερ, να έχει πέσει στο πάτωμα. Την ακολούθησα στην κουζίνα όπου μπορούσαμε να καθίσουμε και να συζητήσουμε.

"Πώς τα πάει μετά το πρωινό;" Ρώτησα.

Χαμογέλασε. "Ο Δρ Σάιμον ήταν πολύ ευχαριστημένος με την πρόοδο που σημείωσαν. Πιστεύει ότι, με την πάροδο του χρόνου, ο Άνταμ θα ξαναγίνει ο παλιός του εαυτός. Στην πραγματικότητα, καθώς οδηγούσαμε στο σπίτι, ο Άνταμ είπε: "Μαμά, μου λείπει ο Σπάικ".

"Χαίρομαι πολύ που το ακούω αυτό! Και έχω κι άλλα καλά νέα για σένα: ο εισαγγελέας δεν πιστεύει ότι ο Άνταμ είχε σχέση με τη δολοφονία του Σπάικ. Πιστεύει ότι ήταν ο Στιβ Μάικλς, ο καθηγητής μουσικής". Αποφάσισα να μην ρίξω τη Μάριαν στο παιχνίδι.

"Ω, δόξα τω Θεώ! Αλλά, η καημένη η Ρόζα... άκουσα στις ειδήσεις ότι σκοτώθηκε, πιστεύουν ότι ήταν και ο Στηβ;"

"Το κάνουν."

Κούνησε λυπημένα το κεφάλι της. "Τζέιμι, ήταν η ωραιότερη γυναίκα, τόσο ευγενική και στοργική - τι τραγωδία!"

"Δεν θα τη φέρει πίσω, αλλά είμαι βέβαιος ότι η δικαιοσύνη θα επικρατήσει".

"Το ελπίζω", είπε η θεία μου.

Καθώς αποχαιρετιόμασταν, σκέφτηκα κάτι. "Την τελευταία φορά που ήμουν εδώ, ξέχασα να κοιτάξω τα "μουσικά πράγματα" του Άνταμ στο δωμάτιό του. Νιώθω άσχημα, τι ήθελε να μου δείξει;"

Η θεία Πεγκ σκέφτηκε για ένα δευτερόλεπτο. "Ω, ξέρω τι ήταν! Ήθελε να σου δείξει τις βιντεοσκοπήσεις που τον δείχνουν να παίζει διάφορα όργανα".

"Ω, ηχογραφεί μόνος του;"

"Όχι, ο Σπάικ κατέγραψε όλα τα μαθήματά τους".

ΚΕΦΑΛΑΙΟ 23

"Αλήθεια; Πες μου περισσότερα γι' αυτό", είπα.

"Δεν είμαι σίγουρος, αλλά νομίζω ότι ο Σπάικ εγκατέστησε μια κάμερα στο ταβάνι για να καταγράφει όλα τα μαθήματα".

"Χαίρομαι που το γνωρίζω."

Αποχαιρετιστήκαμε αφού είχα υποσχεθεί να έρθω για δείπνο την Κυριακή. Η κάρτα χορού μου ήταν γεμάτη αυτές τις μέρες!

Αυτό που έπρεπε να κάνω στη συνέχεια ήταν τόσο δυσάρεστο που παραλίγο να αποτρέψω τον εαυτό μου. *Απλά ξεπέρασέ το, Τζέιμι, σαν να βγάζεις ένα τσιρότο.* Έτσι το έκανα. Πήγα σπίτι και του τηλεφώνησα, του σαρκαστικού εισαγγελέα, του ορκισμένου εχθρού μου, του Νικ Δημητρόπουλου. Δεν είπε καν "Γεια". Τόσο ευχάριστος τύπος.

"Αν κάλεσες να μου διαβάσεις κι άλλα καταστατικά, Κουίν", είπε, "μην μπαίνεις στον κόπο. Έχουμε έναν νέο ύποπτο".

Μόλις άκουσα τη φωνή του, τον φαντάστηκα, από τα ατημέλητα μαλλιά του μέχρι τα γυαλιστερά παπούτσια του. Ένιωσα την αρτηριακή μου πίεση να ανεβαίνει.

"Λοιπόν, Νικ, ξέρεις ότι την προηγούμενη φορά είχες τον λάθος άνθρωπο; Είσαι δύο στα δύο. Ο Στιβ Μάικλς δεν τα κατάφερε".

"Πρώτον, δεν είπα ότι ο πελάτης σας έχει καθαρίσει ως ύποπτος και, δεύτερον, γιατί σας ενδιαφέρει αν έχουμε τον λάθος άνθρωπο; Ή μήπως είναι και αυτός ξάδερφός σου;" Μπορούσα σχεδόν να τον δω να χλευάζει μέσα από το τηλέφωνο.

"'Τι κι αν ο Άνταμ είναι ξάδερφός μου; Δεν είναι ότι είπα ψέματα γι' αυτό. Και με νοιάζει γιατί ο πραγματικός δολοφόνος είναι ακόμα εκεί έξω. Δεν είναι δουλειά σου να προστατεύεις το κοινό;"

"Σκέφτεσαι την αστυνομία, αλλά καταλαβαίνω τι εννοείς. Ποιος είναι τότε;" Ακουγόταν πραγματικά περίεργος.

"Δεν είναι καθόλου άντρας. Είναι μια γυναίκα, η Μαριάν Γουλίνσκι. Ήταν η λογίστρια του Σπάικ και πικρόχολη πρώην φίλη του".

"Ενδιαφέρουσα θεωρία, Κουίν, αλλά πού είναι η απόδειξή σου; Είμαι σίγουρη ότι τα αποτυπώματα και το DNA της βρίσκονται παντού στον τόπο του εγκλήματος, ίσως επειδή δούλευε εκεί".

"Είσαι πάντα τόσο σαρκαστικός ή είμαι ξεχωριστός; Η απόδειξη βρίσκεται στην κάμερα που έκρυψε ο Σπάικ στο ταβάνι. Μπορεί να έχεις το φόνο σε φιλμ".

"Πάρε αυτό, αυτάρεσκο κάθαρμα, σκέφτηκα.

"Θα το ελέγξω, Κουίν... και, χμ, ευχαριστώ για την πληροφορία".

"Παρακαλώ." Αυτό ήταν μια έκπληξη. Ίσως υπήρχε ελπίδα γι' αυτόν. Όλα είναι πιθανά.

Αφού έκλεισα το τηλέφωνο, αναρωτήθηκα - τι θα γινόταν αν η κάμερα δεν είχε καταγράψει; Τότε τι;

ΚΕΦΑΛΑΙΟ 24

Χρειαζόμουν σαφώς ένα εφεδρικό σχέδιο, οπότε κάθισα στον υπολογιστή μου και άνοιξα την ιστοσελίδα του τμήματος οχημάτων της Φλόριντα. Ήξερα ότι η Marian οδηγούσε ένα ασημί Volkswagen Jetta επειδή το είχα δει στα Starbucks, αλλά ήθελα να μάθω τι οδηγούσε ο ΣτηβΣτηβ Μάικλς. Αποδείχθηκε ότι ήταν ένα Toyota Corolla, επίσης ασημί. Έψαξα στις ειδήσεις για τη δολοφονία της Ρόζα και έμαθα ότι ήταν ένα μικρό ασημί αυτοκίνητο που την είχε πατήσει. Κανένας από τους μάρτυρες δεν μπορούσε να αναγνωρίσει τη μάρκα του αυτοκινήτου ή αν ο οδηγός ήταν άνδρας ή γυναίκα. Κοιτάζοντάς τα δίπλα-δίπλα, είδα ότι η Corolla έμοιαζε πολύ με το Jetta. Φυσικά και ήταν! Γιατί τίποτα δεν είναι ποτέ εύκολο. Αλλά τότε έπρεπε να αναρωτηθώ, αφού ο Άνταμ ήταν πλέον ξεκάθαρος, γιατί δεν έφυγα;

Αν έφευγα, θα μπορούσα να επιστρέψω στη ζωή μου και δεν θα χρειαζόταν να ασχοληθώ ξανά με τον Slick Nick ή να κυνηγήσω στην πόλη τον Ντιουκ. Αλλά ήξερα την απάντηση. Δεν μπορούσα να επιστρέψω στην παλιά μου ζωή γιατί δεν είχα ζωή. Ζούσα στις σκιές, δεν έκανα τίποτα, δεν έβλεπα κανέναν, απλά υπήρχα. Το μόνο που έκανα ήταν να τριγυρνάω σε ένα άδειο σπίτι όλη μέρα, κάνοντας παρέα με μια γάτα που μου σφύριζε. Και, αν δεν υπολογίζατε το άγχος, τον πανικό, τον φόβο και τον εκνευρισμό που είχα περάσει τις τελευταίες εβδομάδες, αυτή ήταν η πιο διασκεδαστική στιγμή που είχα περάσει εδώ και χρόνια. Και ήταν μια πρόκληση στην οποία μπορούσα να βάλω τα δόντια μου. Όταν τελείωνε αυτό, έπρεπε να επιστρέψω στον κόσμο. Γιατί δεν το είχα δει νωρίτερα;

Καθώς σκεφτόμουν τη ζωή μου, πήγα στην κατάψυξη για να βρω κάτι για φούρνο μικροκυμάτων. Ήταν ώρα για δείπνο και πεινούσα. Ενώ περίμενα να μαγειρευτεί το χορτοφαγικό μπουρίτο μου, τάισα την αχάριστη γάτα μου. Τότε άκουσα ένα μπιπ και νόμισα ότι το μπουρίτο μου ήταν έτοιμο, αλλά ήταν ο Ντιουκ που με καλούσε στο κινητό μου.

"Γεια σου, αγάπη μου, έχω μόνο μια ερώτηση".

"Τι είναι αυτό;"

"Πού στο διάολο είναι το αυτοκίνητό μου;"

ΚΕΦΑΛΑΙΟ 25

"Πραγματικά δεν θυμάσαι;" Ρώτησα.

"Λοιπόν, κατά κάποιο τρόπο, κάποια από αυτά. Όχι ακριβώς..." Ο Ντιουκ ακούστηκε αμήχανος.

"Χριστέ μου, Ντιουκ. Ίσως ήρθε η ώρα για ένα πρόγραμμα δώδεκα βημάτων. Πήγες σπίτι με ταξί επειδή ήσουν μεθυσμένος, οπότε... πού είναι το αυτοκίνητό σου;"

"Το Big Easy;"

"Ναι." Έβγαλα το μπουρίτο μου από το φούρνο και το κάλυψα με σάλτσα.

"Μπορείς να με πας εκεί το πρωί;"

"Βεβαίως", είπα, και στη συνέχεια τον ενημέρωσα για όλα όσα είχε χάσει: την αποκάλυψη του Άνταμ υπό ύπνωση, την κάμερα του Σπάικ στο ταβάνι, τη συζήτησή μου με τον Nick D. και τα δύο ασημένια αυτοκίνητα που έμοιαζαν μεταξύ τους.

Ο Ντιουκς σφύριξε κάτω από τα δόντια του. "Αυτή η ιστορία γίνεται όλο και πιο παράξενη. Όταν με πάρεις αύριο, ας σταματήσουμε στο ξενοδοχείο που έμεινε η Ρόζα. Έχω μια ιδέα".

"Μιλάς σοβαρά, ή είναι μια από τις λιγότερο πρόστυχες ατάκες σου για καμάκι;"

"Ωχ, αυτό πονάει! Φυσικά και μιλάω σοβαρά. Θα το καταλάβαινες αν ήταν ατάκα για καμάκι. Κανείς δεν με κατηγόρησε ποτέ ότι είμαι διακριτικός".

Γέλασα. "Αν το έκαναν, θα έλεγαν ψέματα".

~

Ο Ντιουκ έμενε σε ένα τετράκλινο στην οδό Ρούσβελτ. Φαινόταν αρκετά ωραίο, η αυλή ήταν περιποιημένη και μπροστά από την πιο απομακρυσμένη πόρτα υπήρχε ένα παιδικό ποδήλατο. Δεν έδειχνε να έχει πάθει τίποτα όταν έπεσε στη θέση του συνοδηγού. Ήταν ξυρισμένος και μύριζε ωραία.

"Γεια σου, είσαι καλά σήμερα;" είπε.

"Δεν θα μπορούσε να είναι καλύτερα, εσύ;"

"Είμαι έτοιμος να κόψω κώλους", είπε.

"Μια συνηθισμένη μέρα, λοιπόν;" Χαμογέλασα.

Γέλασε. "Σωστά, αγάπη μου".

"Για πού;"

Ο Ντιουκ με κατεύθυνε σε ένα μικρό ξενοδοχείο που ονομάζεται Villa Alfredo στην ΑιΑ, κοντά στην παραλία. Μου ζήτησε να περιμένω στο αυτοκίνητο όσο εκείνος θα πήγαινε μέσα. Άνοιξα το ραδιόφωνο και άκουσα τις ειδήσεις στο NPR. Έλειπε αρκετή ώρα, αλλά όταν επέστρεψε, χαμογελούσε.

"Πες το", είπα.

"'Το βρήκα! Μάρτυρες λένε ότι ο ΣτηβΣτηβ Μάικλς ήταν εδώ το πρωί που σκοτώθηκε ο Σπάικ. Δεν το έκανε αυτός".

"'Τι έκανε εδώ;" Ρώτησα. "Και γιατί να τον θυμούνται;"

"Γιατί τους τρόμαζε! Καθόταν στο αυτοκίνητό του μπροστά από το ξενοδοχείο όλο το πρωί. Πρέπει να παρακολουθούσε τη Ρόζα".

"Αυτά είναι υπέροχα νέα! Πρόσεχε Μάριαν, σε πλησιάζουμε. Ντιουκ, είσαι ο καλύτερος!"

Ο Ντιουκς απλώς χαμογέλασε και έγνεψε το κεφάλι του. "Αυτό λένε όλα τα κορίτσια, αγάπη μου".

ΚΕΦΆΛΑΙΟ 26

"Ντιουκ, ας σταματήσουμε στο γραφείο του εισαγγελέα. Θέλω να του πω γι' αυτό. Επίσης, πεθαίνω να μάθω αν βρήκαν τη βιντεοκάμερα του Σπάικ".

"Βέβαια, ό,τι πεις."

Ήταν αδύνατο να περάσει κανείς από τη γραμματέα του Νικ. Επέμενε ότι χρειαζόμασταν ραντεβού και δεν υποχωρούσε. Είπα "κανένα πρόβλημα" και απομακρυνθήκαμε. Αλλά μόλις βγήκαμε στον διάδρομο, κάλεσα τον Nick στο απευθείας εσωτερικό του και του είπα ότι είχα πληροφορίες γι' αυτόν. Όταν συμφώνησε να με δει, του ζήτησα να ενημερώσει τη γραμματέα του. Ήταν σαν déjà vu να επιστρέφουμε ξανά στο γραφείο της, μόνο που αυτή τη φορά μας κοίταζε βλοσυρά. Χωρίς να πει λέξη, μας έβαλε μέσα και μετά έκλεισε την πόρτα εκνευρισμένη.

"Σίγουρα ξέρεις να κάνεις φίλους, Κουίν, αυτό μπορώ να το πω για σένα. Τι τρέχει;" ρώτησε ο Νικ.

"Νικ, αυτός είναι ο Ντιούκ Μπρουσάρντ, ένας ιδιωτικός ντετέκτιβ που με βοηθάει. Ντιούκ, σε παρακαλώ πες στον Νικ τι ανακάλυψες σήμερα το πρωί".

Αφού τελείωσε ο Ντιουκ, ο Νικ φάνηκε εντυπωσιασμένος.

"Αυτή είναι καλή δουλειά, αλλά εξακολουθούμε να έχουμε πρόβλημα να αποδείξουμε ότι το έκανε η Marian. Μπορούμε να την τοποθετήσουμε στον τόπο του εγκλήματος, αλλά είπε στην αστυνομία ότι είχε φτάσει μετά το φόνο".

"Και η κάμερα, τη βρήκατε;" ρώτησα, κυριολεκτικά στην άκρη του καθίσματός μου.

Ο Νικ συνοφρυώθηκε. "Ναι και όχι. Η κάμερα ήταν εκεί και κατέγραφε, αλλά δεν κατέγραψε τον φόνο. Πρέπει να ήταν εκτός εμβέλειας".

Οι τρεις μας καθίσαμε εκεί, απορροφώντας αυτές τις πληροφορίες. Και τότε κάτι έκανε κλικ στο μυαλό μου.

"Αυτά είναι ακόμα καλά νέα", είπα.

"Τι στο καλό, Τζέιμι;" Μουρμούρισε ο Ντιουκ.

"Πώς το κατάλαβες;" ρώτησε ο Νικ.

"Η Μάριαν δεν ξέρει για την κάμερα! Αν ήξερε, θα την είχε σβήσει ή θα την είχε κατεβάσει", είπα.

"Και λοιπόν; είπε ο Ντιουκς.

Απλά χαμογέλασα. "Παρακολουθήστε και μάθετε, αγόρια." Έβγαλα το κινητό μου και κάλεσα τη Marian. Είχα ακόμα τον αριθμό της στο τηλέφωνό μου από τη συνάντησή μας στο

Starbucks. Η κλήση μου πήγε κατευθείαν στον τηλεφωνητή, όπως ήλπιζα ότι θα γινόταν.

Μετά το μπιπ, είπα: "Συγγνώμη που σας ενοχλώ, αλλά έχω μια γρήγορη ερώτηση. Ο Άνταμ μου είπε ότι ο Σπάικ είχε μια κάμερα στο ταβάνι για να καταγράφει τα μαθήματά του. Πριν το πω στην αστυνομία, θέλω να ξέρω αν είναι αλήθεια. Θα μπορούσατε να με ενημερώσετε; Ευχαριστώ".

Γύρισα στον Νικ. "Πρέπει να στείλεις κάποιον *στο Screaming Zombie* γιατί πάει εκεί να αρπάξει την κάμερα".

Ο Ντιουκς κοίταξε περίεργα. "Πώς ξέρεις ότι θα ακούσει το μήνυμα;"

"Επειδή είναι προσεκτική", είπα. "Πρέπει να ξέρει αν κάποιος την παρακολουθεί, οπότε, φυσικά, θα ακούσει τον τηλεφωνητή της. Μόλις ακούσει για την κάμερα, θα τρέξει εκεί για να την καταστρέψει. Δεν ξέρει ότι δεν υπάρχει τίποτα πάνω της". Πρέπει να παραδεχτώ ότι αισθανόμουν αρκετά αυτάρεσκος.

Ο Νικ έγειρε πίσω στην καρέκλα του και χαμογέλασε. "Καθόλου άσχημα, Κουίν", είπε. Στη συνέχεια σήκωσε το τηλέφωνο στο γραφείο του και έκανε μερικές κλήσεις. Όταν τελείωσε, η παγίδα είχε στηθεί. Απλά έπρεπε να περιμένουμε τη Marian να κάνει την κίνησή της.

ΚΕΦΑΛΑΙΟ 27

"Παραλίγο να πέσει από τη σκάλα όταν εισέβαλε η αστυνομία!"

Η Γκρέις και εγώ καθόμασταν στο γραφείο της και της έλεγα πώς ξεγέλασα τη Μάριαν. Για την ακρίβεια, πώς είχαμε ξεγελάσει τη Μάριαν γιατί, χωρίς την Γκρέις και τον Ντιούκ, τη Σούζαν Ντόιλ και τον Άνταμ, τη θεία Πεγκ και ναι, ακόμη και τον Νικ Δημητρόπουλο, η Μάριαν θα είχε ξεφύγει με φόνο.

"Το λατρεύω! Θα έδινα λεφτά για να δω το βλέμμα της", είπε η Γκρέις.

"Αλλά περίμενε, υπάρχουν κι άλλα", είπα.

"Περιμένω", είπε η Γκρέις, χτυπώντας τα δάχτυλά της στο γραφείο. "Και όχι υπομονετικά".

"Όχι μόνο πήραν τη Marian, αλλά και το αυτοκίνητό της, το οποίο αποδείχθηκε ότι ήταν το άλλο φονικό όπλο". Το άφησα να περάσει από μέσα μου.

Η Γκρέις αγκομαχούσε. "Σκότωσε και τη Ρόζα!"

"Ήταν τρελή από ζήλια. Νόμιζε ότι ο Σπάικ και η Ρόζα κοιμόντουσαν μαζί. Πιθανότατα δεν θα την ένοιαζε αυτό, στην πραγματικότητα, αφού ο Σπάικ κοιμόταν, αλλά, όταν ο Άνταμ της είπε ότι ο Σπάικ ήταν ερωτευμένος με τη Ρόζα, η Μάριαν τα έχασε τελείως".

Η Γκρέις φαινόταν σκεπτόμενη. "Ώστε, υπήρχε πράγματι ένα ερωτικό τρίγωνο, απλά όχι αυτό που νομίζαμε. Η Μάριαν αγαπούσε τον Σπάικ, ο Σπάικ αγαπούσε τη Ρόζα και η Ρόζα;"

"Ακόμα αγαπούσε τον Στιβ, τον αγαπημένο της από το λύκειο, ακόμα και μετά την καταχρηστική συμπεριφορά του".

"Αλλά τι συνέβη με τον Σπάικ, το ξέρουμε;"

"Ακολουθεί το χρονοδιάγραμμα: τη νύχτα πριν από το φόνο, ο Σπάικ πήγε τη Ρόζα σε ένα ξενοδοχείο για να την προστατεύσει από τον Στιβ. Ξέρουμε ότι ο Σπάικ έλαβε κλήσεις εκείνο το βράδυ τόσο από τον Στηβ όσο και από τον Ντάριλ, ένα από τα ζόμπι. Ο Στιβ πιθανότατα έψαχνε για τη Ρόζα. Το επόμενο πρωί, ο Σπάικ πήρε πρωινό με τον Ντάριλ στο διπλανό εστιατόριο και διαπληκτίστηκαν. Στη συνέχεια, μετά το πρωινό, ο Σπάικ πήγε στο μουσικό κατάστημα όπου τον περίμενε η Marian. Ήταν έξαλλη γιατί νόμιζε ότι είχε περάσει τη νύχτα με τη Ρόζα. Άρχισε να του φωνάζει και μετά τα έχασε τελείως, πήρε το ντιτζεριντού του Άνταμ και χτύπησε τον Σπάικ στο κεφάλι. Όταν συνειδητοποίησε τι είχε κάνει, έφυγε από το κτίριο για να προσποιηθεί ότι έφτασε αργότερα. Ο καημένος ο Άνταμ μπήκε μέσα λίγα λεπτά αργότερα και βρήκε τον Σπάικ νεκρό στο πάτωμα".

"Ωραία ιστορία", είπε η Γκρέις. "Δεν μπορείς να βγάλεις τέτοια πράγματα από το μυαλό σου. Θέλω να πω, ποιος θα μπορούσε να φανταστεί ότι ένα ντιντζεριντού θα μπορούσε να είναι θανατηφόρο όπλο;"

"Κανείς, ειδικά από τη στιγμή που κανείς δεν ξέρει καν τι είναι το ντιτζεριντού!" Γέλασα.

"Νομίζω ότι είναι μια καλή αφορμή για να βγούμε έξω και να γιορτάσουμε", δήλωσε η Γκρέις.

"Από πότε χρειαζόμαστε δικαιολογία;" Ρώτησα. Ακριβώς τότε, χτύπησε το τηλέφωνό μου. Κοίταξα τον αριθμό και είπα "Συγγνώμη, πρέπει να το σηκώσω" στη Γκρέις.

"Τι μπορώ να κάνω για σένα, Νικ; Μπορώ να σε λέω Νικ; Δεν σε ρώτησα ποτέ". Γέλασα. "Κατάλαβα, εντάξει, κανένα πρόβλημα. Έρχομαι αμέσως".

Κοίταξα τη Γκρέις, "Σε πειράζει να κάνουμε μια στάση πριν πάμε να γιορτάσουμε;"

ΚΕΦΆΛΑΙΟ 28

Χτύπησα την πόρτα της θείας Πεγκ. Ο Άνταμ άνοιξε, δείχνοντας καλύτερα από ό,τι ήταν εδώ και πολύ καιρό.

"Γεια σου, Τζέιμι!" Είπε, αγκαλιάζοντάς με. "Δεν ήξερα ότι θα ερχόσουν".

"Γεια σου Άνταμ! Μπορείς να με βοηθήσεις να ξεφορτώσω το αυτοκίνητό μου;"

"Βέβαια, είναι κάτι βαρύ;"

"Δες και μόνος σου." Είπα, καθώς η Γκρέις άνοιξε την πόρτα του αυτοκινήτου καιτο Κτήνος, ο γερμανικός ποιμενικός του Σπάικ, πετάχτηκε από το πίσω κάθισμα.

"Κτήνος!!!" φώναξε ο Άνταμ, τρέχοντας να αγκαλιάσει τον σκύλο, ο οποίος του έδωσε ένα μεγάλο φιλί. Μέσα σε τριάντα δευτερόλεπτα, έπαιζαν μαζί και κυλιόντουσαν στο έδαφος.

Η θεία μου βγήκε από το σπίτι. "Είσαι σίγουρη ότι δεν σε πειράζει;" Τη ρώτησα.

"Όλα θα πάνε καλά", είπε. "Κοίτα πόσο ευτυχισμένο τον έκανες!"

"Νομίζω ότι και οι δύο φαίνονται αρκετά ευτυχισμένοι".

Η Γκρέις χαιρέτησε από το αυτοκίνητο και η θεία μου χαιρέτησε κι εκείνη.

"Πρέπει να φύγω", είπα. "'Εχουμε μια "βραδινή έξοδο των κοριτσιών"".

"Θα έλεγα ότι το κέρδισες. Ευχαριστώ για όλα και μην ξεχάσεις το δείπνο της Κυριακής.

'Ημουν έτοιμος να μπω στο αυτοκίνητο όταν με σταμάτησε η θεία Πεγκ. "Τζέιμι, θέλω να σου πω ότι η μαμά σου θα ήταν περήφανη για σένα".

"Θα ήταν κι εκείνη περήφανη για σένα", είπα και της έδωσα ένα φιλί.

ΚΕΦΆΛΑΙΟ 29

"Λοιπόν, τι ακολουθεί;" με ρώτησε ο Ντιουκ.

Τον είχα βγάλει για δείπνο με μπριζόλα στο Capitol Grille ως ευχαριστώ για τη βοήθειά του. Καθώς ήμουν χορτοφάγος, έτρωγα μια ψητή πατάτα και μια σαλάτα.

"Δεν είμαι σίγουρη", είπα, με το στόμα μου γεμάτο πατάτες και ξινή κρέμα. "Εσύ τι λες;"

"Λίγο δουλειά, λίγο παιχνίδι, με ξέρεις, αγάπη μου. Σκέφτεσαι να ξαναγίνεις δικηγόρος διαζυγίων; Ήσουν πολύ καλός σε αυτό". Έβαλε ένα μεγάλο κομμάτι μπριζόλας στο στόμα του.

"Ίσως, τουλάχιστον μέχρι να βρεθεί κάτι καλύτερο. Απλά ξέρω ότι ήρθε η ώρα να επιστρέψω στη δουλειά".

"Ίσως θα μπορούσες να με συστήσεις στους δικηγόρους φίλους σου, ειδικά στις καυτές δικηγόρους". Μου χαμογέλασε.

Κούνησα το κεφάλι μου και χαμογέλασα. "Συνέχισε να ονειρεύεσαι, Ντιουκ".

Προσποιήθηκε ότι έδειχνε πληγωμένος.

"Υπάρχει ένα πράγμα που θα ήθελα να κάνω", είπα, "τώρα που έφυγε η μαμά μου...".

"Τι είναι αυτό;" ρώτησε ο Ντιουκ.

"Είμαι περίεργος για τον πατέρα μου. Δεν ξέρω πολλά γι' αυτόν, εκτός από το ότι ήταν "μεγάλος μπελάς". Θέλω να μάθω την ιστορία του. Θέλω να πω, ίσως είναι μαφιόζος, ή διεθνής κλέφτης έργων τέχνης -ή ίσως είναι 'ο οργανωτής' βρώμικων πολιτικών. Το μόνο που ξέρω είναι ότι θα το μάθω".

"Είμαι στη διάθεσή σας, κυρία μου", είπε ο Ντιουκ, γείροντας το φανταστικό του καπέλο.

"Θα με βοηθούσες;" Είπα συγκινημένος.

"Τι νομίζεις, Τζέιμι;" Χαμογελούσε. "Θα ήθελα πολύ να σου πω ποιος είναι ο μπαμπάς σου".

Στεναχωρήθηκα και του πέταξα την πετσέτα μου. "Δεν ξέρω γιατί σε ανέχομαι".

"Επειδή είμαι μοναδικός", είπε ο Ντιουκ κλείνοντας το μάτι.

Γέλασα. "Αυτό είναι σίγουρο."

Τότε συνειδητοποίησα ότι ήμουν πιο ευτυχισμένη από ό,τι είχα υπάρξει εδώ και πολύ καιρό. Είχα μια νέα ζωή και ανθρώπους που νοιάζονταν για μένα- είχα ακόμη και ένα μυστήριο να λύσω. Ίσως θα έπρεπε να σχεδιάσω το δικό μου μπλουζάκι "Η ζωή είναι ωραία": ένα με ένα χαμογελαστό ραβδόμορφο, περιτριγυρισμένο από φίλους.

Αγαπητέ αναγνώστη,

Ελπίζουμε να σας άρεσε η ανάγνωση του *Θάνατος από ένα Ντιτζεριντού*. Παρακαλούμε αφιερώστε λίγο χρόνο για να αφήσετε μια κριτική, ακόμη και αν είναι σύντομη. Η γνώμη σας είναι σημαντική για εμάς.

Με τους καλύτερους χαιρετισμούς,

Barbara Venkataraman και η Ομάδα του Next Chapter

ΣΧΕΤΙΚΆ ΜΕ ΤΟΝ ΣΥΓΓΡΑΦΈΑ

Η βραβευμένη συγγραφέας Barbara Venkataraman είναι δικηγόρος στη Νότια Φλόριντα, όπου αντλεί έμπνευση για τα βιβλία της από τα καθημερινά πρωτοσέλιδα. Λατρεύει να συνδέεται με τους αναγνώστες μέσω των βιβλίων της και βρίσκει ένα ιδιαίτερο είδος χαράς σε μια καλοδουλεμένη φράση. Εκτός από τη συγγραφή μυθιστορημάτων, είναι συν-συγγραφέας του βιβλίου *Accidental Activist: Justice for the Groveland Four* με τον γιο της Josh Venkataraman για την επιτυχημένη τετραετή προσπάθειά του να επιτύχει μεταθανάτια χάρη για τους Groveland Four.

Θάνατος από ένα Ντιτζεριντού
ISBN: 978-4-82416-568-8
Χαρτόδετο χαρτί μαζικής αγοράς

Εκδόσεις
Next Chapter
2-5-6 SANNO
SANNO BRIDGE
143-0023 Ota-Ku, Tokyo
+818035793528

13 Ιανουάριος 2023

www.ingramcontent.com/pod-product-compliance
Lightning Source LLC
LaVergne TN
LVHW031239190726
843491LV00012B/3051